Operation Stalins Hand

En spionthriller om palmemordet

Av Erik Fors

Detta är fiktion. Det är varken en analys av mordet eller en utredning, utan en deckare, med sina brister och sin vilda fria skönhet. Alla karaktärer som förekommer i boken är fiktiva, de är ej baserade på verkliga personer. Alla likheter med verkliga personer, döda eller levande, är sammanträffanden. Två undantag är Olof Palme, som jag har beskrivit med hjälp av vedertagna fakta och allmänna observationer ur biografierna och böckerna om honom, samt Hans Holmér som nämns kortfattat. Jag har enbart skildrat dem på ett neutralt och sakligt sätt.

© 2023 Erik Fors och Daniel Vagerstam
Illustration: Erik Fors och Daniel Vagerstam
Förlag: BoD – Books on Demand, Stockholm, Sverige
Tryck: BoD – Books on Demand, Norderstedt, Tyskland
ISBN: 978-91-7851-275-1

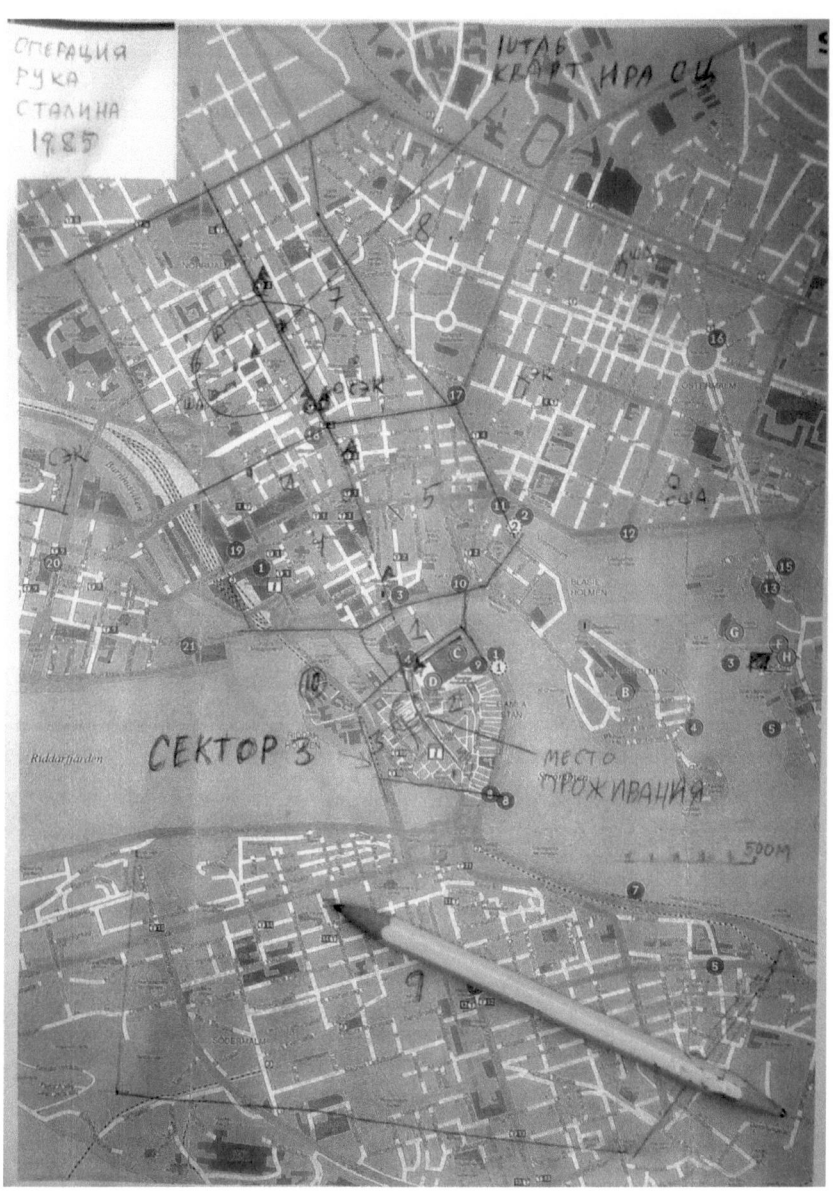

Prolog.

En blodpöl bildades i snön där han satt. Han hade inte knäppt den jävla Palme. Men han visste. Hans liv passerade revy, och han visste att den skyldige skulle få sitt straff. *Bödeln är på väg. Men de är oss på spåren.* Nu såg han allt. Allt skulle bli bra. Han passerade till nästa värld med ett leende på läpparna.

Första maj 1984. Göteborg

Götaplatsen i Göteborg. Framför en folksamling på 40,000 personer, uppe på en scen, stod en man bakom en talarstol. Mannen vevade med ena armen och talade med en ödesmättad och hypnotiserande röst. Mannen var flankerad av tio röda fanor på varje sida. Man kunde nästan föreställa sig Lenin stå och elda upp massorna. Åhörarna jublade, lyssnade, jublade på nytt. Mannen som talade var älskad. Hans röst var betryggande och hans budskap hoppingivande. Du har säkert hört talas om mannen. Detta sade han på Götaplatsen.

"Väpnade konflikter pågår också i Mellanöstern. I Afghanistan fortsätter Sovjetunionen sin militära invasion."
Mannen gjorde en paus och spände blicken i åhörarna.

"Kärnvapenkapprustningen fortsätter. Den riskerar att få nya dimensioner: hotet om kärnvapenkrig från yttre rymden. Och några förhandlingar om kärnvapenbegränsning förs nu inte någonstans, efter avbrotten i Geneve."

Återigen en paus.

"*Alla folk har därför ett gemensamt intresse av att undvika att ett kärnvapenkrig nånsin bryter ut. En verklig säkerhet kan bara nås tillsammans med motståndaren, inte genom ökad konfrontation och ökade rustningar. Därför är vi stolta över att vara värdar för Konferensen om förtroende- och säkerhetsskapande åtgärder och nedrustning i Europa. Men vi kan också göra mera: Vi kan fortsätta att verka för en kärnvapenfri zon i Norden, vi kan fortsätta att arbeta för en korridor fri från slagfältskärnvapen i Centraleuropa, och vi kan verka för ett stopp för utplacering av nya kärnvapen, i syfte att underlätta ett återupptagande av kärnvapenförhandlingarna mellan USA och Sovjetunionen, och vi kan verka för ett fullständigt förbud mot alla former av kärnvapenprov.*"

När han talat färdigt klev mannen ner från scenen och klämde sig genom folk och livvakter till baksidan av scenen. Där satte han sig för att röka en cigarett. Bakom scenen stod flera personer. En vacker ung kvinna i jeansjacka gick fram till honom och mötte utmanande hans blick. Hon tog ett foto av honom med en kamera som hängt på magen. Hon rodnade. Var det solskenet eller var hon upphetsad? Var hon journalist? I skuggan av en pelare stod en gestalt klädd i rock och trilbyhatt och rökte. Man kunde inte se hans ansikte.

Mannen som talat reste sig, gick fram till en bil med chaufför och klev in i baksätet. En man i kostym satte sig i passagerarsätet i fram och bilen gled diskret iväg från folksamlingen. Mannen vid pelaren kastade sin cigarett på marken och mosade den under sin högra sko. Den unga kvinnan med kameran anslöt sig till honom och de lämnade platsen tillsammans.

Senare samma kväll.

Sommarregnet strilade ner och piskade de mörkgrå trotto-
arerna i Stockholms innerstad. En buss åkte förbi och stänkte
ner trottoaren framför en grön port av plåt och glas. Till höger
om den satt en rad olika tavlor i mässing. "Socialdemokratiska
Arbetarpartiet. Rikskansli". "Oberoende Kommissionen för
Nedrustnings- och Säkerhetsfrågor". Ovanför porten satt en
lampa som affischerade Sveavägen nummer 68. En kolonn
bilar stannade framför porten. Ut klev ett tiotal herrar i hattar
och trenchcoats. De flesta bar på portföljer. Några såg mer ut
som livvakter. Det var de nog. Det blöta sällskapet gick in
genom porten.

I ett konferensrum satt herrarna och diskuterade över en
varsin kopp kaffe. Alla rökte. Utom livvakterna. En av de äldre
herrarna började tala, på engelska.

"Mr. Palme. We are impressed with your courage. You
really put up a hard stance against the Americans. As usual.
General Milstein and I am going back to Moscow tomorrow
morning and we will leave a very positive commentary to the
Politbjuro."

"Thank you Mr. Arbatov. We have made it clear to them
that we are standing firm on some common ground."

"They will just have to stop their sabre-rattling and join
our efforts to reach a more safer World. We owe that to our
different peoples."

"I am so glad you could make it here today, this
symbolic day to celebrate the workers of the World. This is the
start of a great journey!"

Kapitel 1. En oväntad resa.

Sovjetunionens nationalsång framförs av en stolt och mäktig kör av kvinnor och män.

Du starka union!
Republiker fria!
Vårt Ryssland har enats,
nu evigt vi står!
I kampen du skapats
av folkets vilja,
vår enade, mäktige,
Sovjetunion!

Refr:

Ärat vårt
fria Faderland!
De fria folkens hemvist!
Folkens vänskap:
ett starkt broderskap!
Partiet, skapat utav Lenin,
den starka kraften hos folket,
de skänker oss nu
kommunismens triumf!

Se stormarna skingras
av frihetens solsken!
Den store Lenin
har lyst upp vår väg!

Ty inför vårt kall,
han höjde upp folket,
som kraftfullt
utför hjältedåd!

Kommunismens seger,
och eviga idéer,
de visar oss framtiden
för vårt land!
Vid Faderlandets
röda fanor,
kommer vi alltid
stå hängivna fast!

Övers. Erik Fors

1 мая 1984 года. Новороссийск. (1 Maj år 1984. Staden Novorossiysk)

Oleg och två kollegor från KGB gick gatan fram i hamn-kvarteren. Det var midnatt och så varmt att man svettades även fast man var utomhus. De var på permission och på genomresa i hamnstaden Novorossiysk efter ett uppdrag i Angola. De var klädda i enkel permissionsuniform och hade lämnat allt bagage på militärhotellet. De hade endast pistoler som tjänstevapen, dessa hade de naturligtvis med sig. Men de var i hjärtat av Sovjetunionen, ingenting kunde hända dem. De kunde äntligen slappna av efter månader av dödsångest, våld och faror. Livet kunde återgå till att vara en lugn bäck som porlade mellan mossiga stenar i en fridfull skogsglänta.

10

Staden var bas åt en av Sovjets flottor. En garnisonsstad. Trakten var omgärdad av skogsbeklädda berg och dominerades ikväll av en vacker rosa kvällshimmel. Oleg letade efter en bar där man kunde få sig en färsk öl och något gott att äta. De hade redan hittat några ställen där man kunde få sig ett glas men kvällen var ung. Det fanns en hel del barer att välja mellan. Äntligen kom en nattlig svalkande bris. De verkade just ha hittat en bar då de gick förbi två uniformerade män som slog och sparkade på en ung pojke. Oleg hejdade sig. De två männen märkte att de var iakttagna. De vände sig mot Oleg.

"Har du något problem?"

"Har ni?"

"Oleg, vi låter det vara. Kom nu, ölen väntar." Olegs vän försökte dra bort honom.

"Vad har han gjort?"

"Han försökte stjäla en väska jag ställt ifrån mig."

"Det är ju bara en pojke. Ska ni spöa en liten pojke?"

"En tjuv."

"Slå mig istället!"

"Visst!" De två männen gav sig på Oleg. Oleg försvarade sig, kanske lite för bra. Han blockade en rak höger från den högra mannen, slog den vänstra i magen. Hans vänner stod och såg på, de ville att slagsmålet skulle upphöra. Fler slag utdelades. Oleg föll i backen och blödde från pannan. Han låg fortfarande ner men fällde en man med en bensax."

-Tuuuiiiiiit!-

En visselpipa.

Fyra militärpoliser dök upp. De slog männen som var i slagsmålet, sedan separerade de dem genom att släpa dem bakåt.

"Ni är arresterade! Gör inte motstånd!"

En stund senare befann sig de fem männen i en arrestlokal. En underofficer kom in.

"Sov ruset av er. Era befäl har meddelats. Ni kommer få era straff."

Han gick fram till Oleg.

"Jaha, Tovarisch. KGB minsann. Kapten Brodsky. Du har verkligen imponerat på höjdarna. Du har lyckats misshandla sonen till en general inom GRU. Ditt befäl är underrättat. Du kan se fram emot att bli degraderad eller skickad till Afghanistan. Vi får se om det finns en trevlig Shtrafbat där. Det blir en skön semester. Jag tycker du ser ut som en sån där som längtar efter att ligga med afghanska getter. Hoppas du inte redan bokat semester".

Augusti 1985. Афганистан (Afghanistan)

Det blev Afghanistan för Oleg. Han blev kommenderad till en bataljon ur KGB:s specialistenheter, som ingick i Operation Kaskad. Han skickades till Kabul. Sovjet skulle dela in Afghanistan i en nordlig del och en sydlig del. Den nordliga delen skulle bestå av 13 provinser. Dessa skulle bli en del av Sovjet. Den södra delen av Afghanistan skulle bombas tillbaka till stenåldern och dess innevånare lämnas åt sitt öde. Man skulle bomba sönder bevattningsinfrastruktur och åkrar och helt enkelt skapa en obeboelig och öde region. För att vinna innevånarnas sympati i de norra delarna sattes enheter in ur ett specialkonstruerat KGB-program, Kaskad, som skulle använda sig av propaganda, kulturkännedom, desinformation, tortyr, hot och våld.

Oleg klev av transportplanet tillsammans med ett hundratal andra soldater. Han var klädd i jeans och en mörkblå vinterjacka. Det hörde till privilegierna, KGB-agenter valde sin klädsel själva. De ingick inte i Röda armén. Oleg skulle inte med de andra utan han och några andra män, en del klädda i uniform, en del i civila kläder, en i ljusblå fångoverall, blev hämtade av en lastbil. De blev körda till en garnison i staden där de hoppade av det hårda skakiga flaket. De tjugo mörbultade och stela männen ställde upp på två leds linje.

"Giv akt." En officer kom emot dem.

"Jag tar befälet. Välkomna till Kabul. Vår bataljon utför mobil spaning runt staden. Vi letar efter rebellernas kraftsamlingar i stadens ytterkanter och kallar in artilleri, helikoptrar och infanteri för att bekämpa målen." Det betydde egentligen "Vi traskar in i rebellernas bakhåll och försöker överleva medan artilleriet bombar dem".

"Ni inkvarteras i tältet därborta vid luftvärnskanonen. Det är ert nya hem."

"Major, anhåller om att få ställa en fråga."

"Beviljas."

"Var är våra kontor?"

"Kontor?"

"Där vi ska arbeta."

"Ja just det, underrättelser. Fångar. Jaja. Min vän." Majoren gick fram till Oleg och pickade med pekfingret på ett magasin i en ficka på Olegs stridssele."

"Där, Tovarisch, har du dina underrättelser. En, två, tre, trettio underrättelser tror jag du har där. Är det uppfattat?"

"Uppfattat, Major."

"Nu stänger vi igen brödintagen, bär er utrustning till tältet. Ni är inte här på semester utan er grupp är en straffbataljon som lånats ut till... mig. Ni ingår nu i Röda armén. I Röda armén måste man vara modig för att våga vara feg. Jag vill se er ynkryggar klädda som fosterländska soldater om fem minuter. Alla de där färgerna som inte är grönt ger mig huvudvärk. Verkställ!"

Några veckor senare. Oleg och några andra soldater släpade sig fram i hettan mellan små lerhus i utkanten av staden. Gräset växte sparsamt, det fanns många jordvallar och diken så man upptäckte i regel mujahedeen, de islamiska rebellkrigarna, när man promenerade in i deras bakhåll. Alla var på helspänn. RPG raketgevären var laddade, skyttarna kunde osäkra och ge verkanseld på två sekunder. En rebellprickskytt kunde gömma sig i ett bostadshus. Drog man av en raket i huset plockade man prickskytten men även civila. De var inte dumma. Mujahedeen var en effektiv gerilla, från att ha startat med pistoler och stenar till att numera använda amerikanska vapen. Den första generationens motståndsmän var familjefäder som var tvungna att stanna vid sina familjer, de krigade på fritiden och kunde inte resa runt. Nu hade nya krigare tillkommit, tonåringar, ofta utan föräldrar, och dessa kunde kriga dygnet runt, de var mobila och kunde flytta fritt. Sovjet hade inte räknat med den utvecklingen, även fast den islamiska jihadkulturen med heligt krig inte var hemlig på något sätt. Gerillakrigarna hade lokalbefolkningens sympati och "simmade bland folket som fiskar i vattnet", de sov hos folk, de lagrade vapen hos folk, och barn spanade åt dem. De var folket. Precis som Viet Cong i Vietnam. De följde Sun Tzu:s Art of War. "Låtsas anfalla från väster, men anfall från öster." Mujahedeen stred på landsbygden och inte inne i städer. Precis som Mao Zedong och Che Guevara förespråkade utspelades gerillakriget långt ute på landsbygden. Man gick in i städerna för att utdela dödsstöten först när kriget redan var vunnet. Mujahedeenkrigarna anföll mjuka mål, såsom lastbilar som transporterade sovjetiska soldater på permission, de anföll inte stridsvagnar. De stannade aldrig och slogs om terräng utan försvann som skuggor så fort de stötte på motstånd. KGB följde visserligen också Sun Tzu, men snarare kapitel 13, "hur man använder spioner." Hur skulle sovjetiska fallskärmsjägare kriga mot mål som inte syntes? Afghanska barn kastade pinnar mot dem och ropade "Åk hem ryssar!" på ryska. Mujahedeen-krigarna och förmodligen vanligt folk hade lärt dem säga det. Ingen ville ha dem där.

De som inte klarade av striderna och terrorn blev skickade till utposter. Det var små baser på bergstoppar, där fick de tjänstgöra, 14 män utan avlösning i 18 månader. 2 timmar utkik, 4 timmar vila. Dygnet runt i 18 månader. Alla tyckte synd om dem. Ingen ville hamna där. De kunde aldrig lämna sin bergstopp, som kanske övervakade en by. För mujahedeen fanns överallt. Det enda de kunde göra var att styrketräna och träna boxning på basens 20 meter. Men vände man ryggen åt terrängen, fick man en olustig känsla av att någon spanade på en. Någon siktade på en. Så man hade hela tiden en rädsla.

Eftermiddag. Nu var de på väg tillbaka in i basen efter ett spaningsuppdrag. Man hade inte sett fienden men hade tre döda och fyra sårade, de hade blivit beskjutna från långt håll. En KGB-officer anlände till basen skjutsad av en pansar-bandvagn. Han gick fram till ett vaktbefäl.
"Jag söker menige Brodsky."
"Han är därborta, Major. De kommer från ett spaningsuppdrag".
Officeren gick fram till Oleg. Oleg var utmattad av värmen och att ha varit ute och bedrivit spaning en hel dag. De hade fått ett kex var att äta.
"Brodsky."
"Ja."
"Jag vill tala med dig i enrum."

"Ja, Major."

De gick bort till utkanten av lägret.

"Du blev degraderad till menig och kommer vilken dag som helst få en kula i pannan. De sa att du skulle sköta underrättelser men de slängde in dig i en vanlig skyttegrupp. Kanonmat. Är det här vad ditt liv gick ut på? Du hade ju en lovande karriär inom KGB. Jag förstår dig, du slog ett befäl. Du vet, när jag gjorde min militärtjänstgöring slog en av mina kamrater ett befäl och han blev befordrad till gruppchef för sin aggressivitet. Ska du dö för en bagatell? Är du intresserad av en chans att komma härifrån?"

"Vad skulle det kräva?"

"Åh, inte så särskilt mycket. Lite motivation. Lite viljestyrka. Lite tur".

Oleg tänkte på lådorna med de döda soldaterna. De kallades "zinkpojkar", de flesta var värnpliktiga 18-åringar som när de stupat förseglades i zinklådor och flögs till anonyma begravningsplatser i Sovjet. Folk i Sovjet visste inte vad som hände i Afghanistan, deras söner verkade bara inte komma hem. Det var en väldigt lång och hemlig tjänstgöring tydligen.

"Jag vet inte. Jag måste hjälpa min skyttegrupp så de inte blir slaktade. De har blivit som mina bröder. Och vad är det för självmordsuppdrag du har att erbjuda?"

"Det är inte ett självmordsuppdrag. Det är ett uppdrag för Avdelning 5".

"Ett mord alltså?"

Det var säkert ett bra erbjudande men Oleg var psykiskt nedbruten, viljelös, defaitistisk, han lät sitt liv rinna ut, varför inte bara stupa här och låta lidandet komma till ända? Varför borsta tänderna, varför bära med sig ett tryckförband i höger benficka, varför tänka på framtiden? Han började gråta. Han bet i näven.

"Jag låter dig fundera. Jag ger mitt nummer till ditt befäl. Säg till om du ändrar dig."

Dagen efter hoppade Olegs skyttegrupp in i en pansarbil. Precis när Oleg skulle hoppa in genom luckan på pansarbilens baksida såg han en katt, som stod i stirrade på dem. Plötsligt pilade den iväg och försvann bakom en byggnad. "Den kan springa iväg och försvinna medan vi sitter här med alla våra vapen som måltavlor i väntan på en kula", tänkte han. De skulle rekognosera i en by några mil från basen. De väntade en halvtimme på order att köra, ordern kom och de påbörjade resan. Det var 50 grader varmt. De var yra i huvudet av värmeslag. Den beigemålade interiören på pansar- bilen vibrerade och skakade, Oleg mådde illa. Det var som en tortyr, som att bada bastu med 20 kg utrustning på kroppen. Tvärnitade bilen riskerade man att få sitt vapen i ansiktet. Många fick blödande sår i pannan och huvudet.
-BOOOOOM!-
En kraftig detonation hördes.
-PlingPlingPlingPlingPling!-
Kulor träffade plåten på pansarbilen. Rök började fylla lastutrymmet. Dörrarna öppnades i bak och männen rullade ut. De ramlade på marken och höll vapnen framåt men såg naturligtvis inga fiender. Man var i en by som bestod av lerhus. Solen bländade. Svart rök fyllde platsen. Soldaterna hade knappt kraft att avfyra sina vapen. De kröp ner i dikena bredvid vägen. Det var inte Olegs pansarbil som kört på en mina utan den framför. En stor eldslåga slog ut från den. Alla 20 hade nog dött i den bilen. De sköt mot hus en bit bort, och kravlade i skydd av lermurar. De var beskjutna från alla håll. Plötsligt dök sovjetiska bandvagnar upp och även en stridsvagn. De öppnade eld mot husen i närheten. Efter några minuter ebbade eldstriden ut. Rebellerna försvann i tomma intet. Kvar

låg levande, döda och sårade sovjetiska soldater. "Nästa gång är det min pansarbil som går på en mina. Jag måste härifrån!" tänkte Oleg. När de efter några timmar kommit tillbaka till basen rapporterade han till sitt befäl.

"Menige Brodsky anhåller om att kontakta befälet som talade med mig igår."

"Beviljas."

Dagen efter satt Oleg på ett transportflygplan som lyfte från Kabul, med destination Moskva.

14 Oktober. Лубянка (Lubyanka)

Oleg kallades till KGB:s högkvarter i Lubyanka i Moskva, några hundra meter från Röda Torget. Hans chef Major Majakovskij väntade honom på sitt kontor. Oleg knackade på dörren.

"Kom in! Dabrå paszhalovat, välkommen!"

Oleg klev in i ett sparsamt möblerat rum. Väggarna var ljusgröna, några stolar av trä stod runt ett litet runt bord i vänstra hörnet. Skrivbordet bestod av en enkel träskiva.

"Hur mår Kaptenen?"

"Fint, Tovarisch Major."

"Direktoratet behöver få ett ärende verkställt och jag tänkte på dig. Du vore rätt person. Du har förmågan. Det vore synd om du blev skjuten därborta i det där sandiga råtthålet. Sånt slöseri med bra agenter. Slå dig ner, min vän!" Oleg slog sig ner på en stol.

"Oleg. Jag lärde känna dig när du var 15 år. Du kom till min klass på Röda Banerets institut, i en kurs i förklädnad. Jag visste genast att du skulle bli en effektiv och lojal försvarare av Sovjet. Och nu behöver jag din hjälp."

"Vad rör det sig om?"

"Jag ska berätta. Världen är i kaos. Kapitalismen vinner mark på alla kontinenter. Men västs gamla kolonialmakter vacklar, folken i olika länder vill slå sig fria och vi hjälper dem mer än gärna med den saken. Frihetens sol lyser allt starkare i Latinamerika, Afrika, Europa. Men stora hotfulla saker är i görningen. Det finns skuggor som tornar upp sig vid horisonten. En kall vinter är på väg. Det är dags för oss alla att ta fram sin inre styrka."

"Berätta."

"Amerikanarna tänker skicka upp kärnvapen i rymden. De kommer behöva eliminera vissa personer först. Och vi måste stoppa dem."

"Vad är det för personer som de vill åt?"

"Du vet, den här Gorbatjov. En mardröm. Han orsakar rena cirkusen här i Moskva. Hela Sovjet ser och lyssnar med fasa. Glasnost och Perestrojka, de ska tillåta amerikanska kapitalistiska företag att öppna i Sovjet. Tidningarna ska få mer yttrandefrihet. Låter det bra? Farligt, Tovarisch. De pratar till och med om en ny union, Unionen av Sovjetiska Suveräna Republiker. Inte ens "Socialistiska". Och nu ska han möta statsministern för ett litet land uppe i norr. Han ska möta Sveriges statsminister. Statsministern lägger konstant sin näsa i blöt när det gäller kärnvapenfrågor. Han stör både oss och amerikanerna. Fascisterna vill tysta honom. Men det vill inte Sovjet. Han är vår vän. Och det är här du kommer in i bilden." Majoren såg allvarlig ut.

"Sverige är officiellt neutralt. Man arbetar dock för USA i det tysta. Armén är utpräglat anti-sovjetisk och officerskåren kommer aldrig bli sovjettrogen, den måste elimineras. Civilsamhället å andra sidan, där bearbetar vi folket sedan flera

19

decennier som en förberedelse för att bli en sovjetisk provins. Journalistkåren, lärarna och politiker är sovjetvänliga och vi har hundratals påverkansagenter som styr opinionen till vår fördel. Allt det är ju det gamla vanliga."

"Jag förstår, Major."

"Nu börjar vi närma oss ett kritiskt ögonblick. Och de amerikanska fascisterna vet detta. De kommer göra allt för att stoppa våra planer. De har utsett en agent som skall likvidera den svenske statsministern, har vi fått underrättelser om. Ditt uppdrag blir att stoppa deras agent innan han hinner utföra sitt uppdrag."

"Jag löser uppgiften, Tovarisch!" Oleg visste att rummet kunde vara avlyssnat och samtalet spelas in. Fel svar kunde innebära ett "diplomatiskt uppdrag" i ett fångläger i Sibirien.

"Inser du vad som händer om de lyckas döda honom? Så, min vän, du får instruktioner när du anlänt till basen. Du får en "Boyevaya Gruppa", operationsgrupp, som stöd. De bor i landet sedan tidigare, de känner väl till området och de har bilar och lägenheter. Bra agenter, jag har själv tränat upp de flesta av dem. Ditt jobb blir att utföra den verkställande åtgärden på fascistagenten. Vi har hans adress, hans rörelsemönster, kontakter, allt. Han arbetar på amerikanska ambassaden. Ni planerar, skickar mig en lista med allt ni behöver, sedan genomför ni operationen. Sen är det över och ni får en lång semester. Vi kommer beordra STASI att leja några bulgarer eller georgier för att sopa igen spåren och sprida desinformation. Jag tar på mig den biten. Du fokuserar på CIA-agenten. Är du intresserad av uppdraget?"

"Jag kommer genomföra det. CIA:s mördare har inga hemligheter för mig. Jag har expedierat ett antal. Tack för att du föreslog mig, Major."

"Jag visste det, du är mycket hängiven. Vi har tränat dig i 25 år, min unge vän. Nu räknar Sovjet med dig. Jag är säker på att du kommer lyckas. Lycka till min vän."

15 Oktober. Moskva

Moskva. En hel värld. Så många människor. De enda sorts bilar man såg var gula Volga, taxibilarna, de små röda Lada, som var personbilarna, och miljoner gröna militärlastbilar. En och annan svart limousin, "Gaz Chaika", sågs här och där, det var statens bilar som transporterade politiker och tjänstemän. Han hade fortfarande några års väntetid innan han skulle få en bil tilldelad sig, men han hade just fått en svartvit TV. Han skulle dock ut och resa igen. Det var svårt att hitta sin livs kärlek och skaffa barn. Allt sånt. I hans hemrepublik hade det varit lättare men kvinnor i Moskva visste vad de ville, det var svårt att hitta någon som ville ha en karl som var ute och reste för jämnan. KGB skickade honom till Angola, Vietnam, Kuba, Syrien. Det var spännande att se världen och se andra kulturer och människor och bidra till att rädda dem från kapitalismen. Det fanns en värld att rädda, en värld att befria från förtryckares piskor, en värld att öppna för det kommunistiska solskenets gemenskap. Men det var samtidigt ett ensamt liv. I Angola hade han visserligen studerat gerillakrigföring tillsammans med en klass kubanska kvinnor i camp Punda, utanför Luanda. Sånt var ju trevligt. Han hade lärt dem använda en sovjetisk luftvärnsbandvagn "Shilka". Fyra kulsprutor på en bepansrad bandvagn. Alla hade blivit imponerade av det sovjetiska kunnandet i krigets konst. Han hade tillsammans med en sovjetisk pilot bjudit med två kubanskor på en flygtur i solnedgången i en transporthelikopter Mi-8. Mycket romantiskt. Det var hans bästa minne från det uppdraget.

Här i Moskva bodde han i en stor betongkloss i ett kvarter av andra betongklossar. Bostaden hade han blivit tilldelad av kommunen, och den låg vid en bra tunnelbanelinje, han behövde inte göra en lång omväg när han skulle till kontoret. Han bodde vid stationen Arbatskaja. Den var konstruerad som en femuddig stjärna. Tunnelbanestationerna här i Moskva var som palats, med kristallkronor och utsmyckade i klassisk stil. Stationen närmast hans arbete hette Lubyanka, och den låg på den röda Sokolnicheskaya-linjen. Gatan där han bodde hette Leninskaja, och han bodde i hus 3, Fraktion 2, Struktur 14. Gatorna i Sovjet bar namn såsom Kommunistgatan, Fackföreningsgatan, Kosmonautgatan och Lenintorget. Ingen plats för dekadenta namn, den bolsjevikiska språkhygienen följdes strikt.

Oleg hade läst igenom sin handbok en sista gång. *"Särskilda aspekter av Verkställande Åtgärder"* på 726 sidor, utgiven av Andropov Röda Banerets Institut. KGB:s handbok i att mörda, sabotera och sprida desinformation. Han stängde av TV:n, gick in i sitt lilla kök och packade ner en brun kofta i ryggsäcken på köksbordet. Sedan packade han ner en t-shirt från spetsnaz-regementet. Det var en militärgrej, vart man än skulle hamna och tjänstgöra var det viktigt att visa var man utbildats och tjänstgjort. Det var en sorts lyckobringare. Han hade hört av kollegor att Sverige var dyrt, han måste ta med sig allt han behövde. Hans månadslön på motsvarande 300 svenska kronor i månaden skulle räcka till tre dagens lunch och en flaska sprit. Han skulle få jobba svart på ett bygge för att tjäna mer pengar. Han tog dock med sig sina snyggaste kläder. En grå kavaj med axelvaddar, sandfärgade

22

chinos-byxor, svart polotröja, vita tennisstrumpor och svarta loafers. Fräscht! En KGB-officer måste se snygg och proper ut. Då litar folk på en, man har lättare att klara sig ur problematiska situationer. Mindre chans att folk ringer den lokala polisen om något händer. Han skulle dock resa ut ur Sovjet med vanliga diskreta grå och bruna kläder, för att lämna så få intryck som möjligt i folks medvetande. Om folks blick vandrade förbi honom skulle de inte ens uppfatta att han var där, han skulle vara en anonym gestalt i bakgrunden. Han stoppade även ner aluminiumbestick och en handduk. Underkläder. Tre par strumpor. Raggsockor. Ingenting utöver t-shirten som var direkt ryskt eller militärt. Han stoppade ner tre kassettband med Tchaikovskys Nussknacker, Vivaldis De fyra årstiderna samt ett band med Bach.

Ленинград (Leningrad)

Fina hus men tråkig station. Mosaikgolv, prydligt men torftigt. På ett litet café köpte han godis i en stor papperspåse. I kassan satt en gumma med kulram, hon ville ge några kopek tillbaka men han lät henne behålla dem.

"Ballshåe spasiba." Tack så mycket.

"Pashjalsta." Ingen orsak.

Det var inte lätt att leva i Sovjet och folk var solidariska, man hjälptes åt. Utanför stationen kom ett hundratal av statens bilar åkande. Nu kom han ihåg, han hade läst i dagstidningen att den där nye Gorbatjov skulle hålla tal här idag. Han skulle tala om Perestrojka och Glasnost. Det var någonting helt nytt, ingen förstod egentligen vad det skulle innebära. Vad skulle det kunna påverka? Oleg var rätt nöjd med sitt liv, men han förstod att många hade det kärvt. Han skulle kanske hinna lyssna, hans nästa tåg skulle gå om tre timmar. Nu såg han en bil köra förbi stationen långsamt, i den satt Gorbatjov. Att han vågade vara så nära folket! Andra ledare brukade ständigt eskorteras av en bataljon elitsoldater, och toppagenterna i KGB:s Grupp Alfa. Han hade sett dem i Afghanistan.

Major Majakovskij hade berättat för Oleg att i Leningrad fanns en skola med 800 anställda, som utbildade agenter och spioner från KGB och GRU i svenska språket, samhälls- kunskap, psykologi, svensk etikett och alla kunskaper och färdigheter man behövde för informationsinhämtning, spioneri, kriminell verksamhet, sabotage och... mord. Men, hade ma- joren sagt: Olegs uppdrag var så hemligt att ingen utom- stående fick veta om det. Det fanns säkert tusen agenter som hade varit mer lämpade men det måste vara någon utom- stående, annars hade Gorbatjov fått nys om operationen på tre minuter.

Oleg gick på toaletten. När han kom tillbaka var papperspåsen med godis borta. Slynglar. Men de förtjänade lite godis. Som sagt, det var kärvt att leva i Sovjet. Han klev på tåget, gick in i sin sovcupé, la sig på en bäddad brits och somnade med kläderna på. Han drömde om helikoptrar som flög över Afghanska bergmassiv. Han hörde en sång i sitt huvud:

"Hej syster, min kära, hur mår du?
Vintern sveper väl redan hemma nu?
Det är gryning över Kandahar.
Berätta ej för mor, jag är i Afghanistan".

Han väcktes av en knackning på dörren. Det var natt. Utan att vänta klev två soldater i grå skärmmössa och rock in, artigt men bestämt. De hade automatgevär på ryggen. Han visade identitetshandlingarna för en av sina identiteter. Vakterna kände med vita handskbeklädda fingrar längs lister, under madrasser, de kände på taket, väggarna. Det fanns en lucka i taket för bagage, en soldat öppnade den och lös in med en ficklampa. Utrymmet var tomt. De lämnade cupén. Tåget åkte vidare genom natten. Det var en oändlig granskog utanför. Tåget saktade ner, och malde sig långsamt fram en lång stund. Man kunde skymta taggtråd mellan de mörka gran-stammarna. Plötsligt blev det ljust. Skogen upphörde och lämnade plats åt ett snötäckt fält, med vakttorn och strålkastare. Finska gränsen. Under resan hade Oleg gott om tid att läsa underrättelserapporter om Sverige där han skulle tjänstgöra, operationen skulle starta så fort han kommit fram.

Олег

Oleg var kapten i KGB. Det var det enda yrket han kände till, efter att ha blivit rekryterad som tonåring. Sovjet och Stalin hade ju byggt upp hans land, de hade skänkt olika minoriteter egna republiker, gett folket en levnadsstandard. Han kände en stark stolthet när han sjöng Sovjets nationalsång varje morgon i skolan. Han blev tidigt medlem i Komsomol, ungdomsförbundet för Sovjetunionens kommunistiska parti och blev uppmärksammad för sin lojalitet, intelligens, vältalighet och sitt mod. Han gick med i Dynamo Sportklubb, där utvalda ungdomar vid tio års ålder påbörjade sin bana inom Sovjets olika specialstyrkor. De sa att de skulle göra honom till en vass skära i Stalins hand. Uppvuxen i ett avlägset land, en fjärran provins i Sovjetunionen i princip utan el och vatten var det en intressant framtid att bli underrättelseofficer. KGB utgjorde liksom Röda armén ett eget självständigt imperium inuti Sovjet, med egen tillgång till mat och råvaror, laboratorier, hotell, universitet, bostadskvarter och sjukhus. Detta var den värld Oleg växte upp i.

Hans uppdrag gick vanligtvis ut på att utföra "verkställande åtgärder", eller ta livet av fiender, främst fientliga agenter. Han arbetade inom KGB:s Direktorat 1, som skötte operationer utanför Sovjetunionen. Inom Direktoratet tillhörde han Departement 3, som hanterade verksamheten i Storbritannien, Australien, Nya Zeeland, Malta och Skandinavien. Uppdelningen följde inte en geografisk logik utan en lingvistisk logik då en agent som kunde engelska kunde arbeta problemfritt inom dessa områden. USA var ett eget område, det var mer komplicerat då de var mer misstänksamma mot östeuropeiska dialekter. Inom Departementet tillhörde han Avdelning 5, Avdelningen för Verkställande Åtgärder, som utförde mord, kidnappningar och sabotage av infrastruktur, det vill säga allt det sexiga. Han hade utbildats i lönnmord och kidnappning och han var mästare på eldhandvapen, jujutsu, chiffer, bilkörning, skuggning och fotografering. I Kamera, eller "kammaren", KGB:s laboratorium i Lubyanka, hade han fått lära sig allt om gifter, vätskor, anatomi och hypnos. Han hade tränats i psykologi, förklädnad, språk, sjukvård och i att förbättra minnet. Ett av vapnen han tränats på var en cyanid-spray. Det var en 18 cm lång och 3 cm bred aluminiumcylinder med tre kammare, varav en innehöll en plastpatron med gift under lågt tryck, annars hade giftet avdunstat på två minuter utan att lämna några spår. Vapnet var verksamt upp till en halv meter, men man tränade på att avfyra det några centimeter från offrets ansikte. Det fanns varianter av vapnet med två rör, så att mördaren fick en andra chans om offret inte avled av första sprayen. Detta vapen fick dödsorsaken att se ut som hjärtattack, och efter några minuter fanns inga spår kvar av giftet i offrets kropp.

Det fanns även en gaspistol som avfyrade en gas som trängde igenom kläder och dödade på 1-2 sekunder på upp till 10 meter.

Han bemästrade naturligtvis NRS-2, spetsnaz pistolkniv, en stridskniv som kunde avlossa ett skott på upp till 20 meter.

Under sin måttligt trevliga strafftjänstgöring i Afghanistan hade han i provinsen Pakthia, i närheten av ett av Mujahedeens hundratals träningsläger, genomfört en verkställande åtgärd på en amerikansk agent som gav vapen och pengar till den där saudiske underrättelseofficeren, Bin Ladin, och palestiniern Abdallah Assam. Dessa drev en liten men stenrik organisation som hette al Qaida, som sedan förklarade krig mot amerikanerna själva. Så kan det gå. En revolution kanske börjar med stenar och revolvrar och någon ger dem vapen och plötsligt har gerillan muterat till någonting helt annat. Lite som när Stalin stöttade bildandet av Israel och hjälpte dem militärt, för att sedan istället börja hjälpa deras fiender. De litade på oss, vi litade på dem. Många judar som kom till Israel från Sovjet och bodde på kibbutz var förvisso stalinister och trotskijister. Stalin hade skickat vapen till judarna så att de kunde skapa Israel, sedan hade han klassat judarna som en minoritet utan rätt till inflytande i sina sista utrensningar. De judar som deltagit i bolsjevikernas revolution blev avrättade, som till exempel Trotskij själv, en av ledarna för den ryska revolutionen och skaparen av Röda armén. Judar som ansökte om tillstånd att resa utomlands blev trakasserade, de blev av med sina jobb och bostäder. Några judar hade vid ett tillfälle försökt kapa ett flygplan vid Leningrads flygplats för att fly från Sovjet. De hade blivit stoppade och avrättade av KGB:s fruktade Grupp Alfa, en grupp bestående av notoriskt hänsynslösa spetsnaz-soldater. Likaså hade femton ledare för den Judiska antifascistiska kommittén avrättats i KGB:s Lubyankafängelse, anklagade för antisovjetisk verksamhet.

"Man har vidare anklagat kommunisterna, för att de vill avskaffa fäderneslandet, sin nationalitet. Arbetarna har intet fädernesland. Man kan icke ta ifrån dem vad de icke har." Det kommunistiska partiets manifest. Karl Marx och Friedrich Engels

Världen var en evig soppa. Politik, folk, länder. Olegs jobb var enklare: man gav honom ett mål och han "åtgärdade" målet. Denna gång gällde det tydligen en fascistagent som hotade att likvidera en statsminister i ett skitland uppe i norr med dyr sprit och ett degenererat samhälle besatt av butiker och dyra kläder. Allt amerikanskt var som skänkt från himlen och gjort av guld. Det skulle vara rosa, turkost, elgitarrer och hamburgare. Ingenting gediget. Ingen konst. Ingen solidaritet. Kultur är det som folket gör som inte ett företag försöker pracka på en: Dans, balett, klassisk musik. I väst styrdes kulturen av vad företagen ville sälja.

Oleg skulle bli underrättad mer i detalj om sitt uppdrag att likvidera amerikanaren "senare", dvs när han anlänt till sin nya bas för att påbörja operationen.

Han klev av tåget i Helsingfors, därpå reste han förklädd till rysk byggjobbare till Estland, därefter vidare till Sverige. Han bedömde att han slunkit igenom den svenska underrättelsetjänstens nät obemärkt.

Kapitel 2. Ankomst till Riket.

KGB i Sverige

Oleg anlände till en av de många operativa KGB-baserna i Stockholm i oktober 1985. Han hade under resan studerat KGB:s verksamhet i Sverige. KGB i Schvetse, eller Sverige, ägnade sig till 80% åt desinformation, påverkan och psykologisk krigföring. Denna verksamhet var öppen och laglig. Man hjälpte och finansierade svenska journalister, lärare, politiker och opinionsbildare för att påverka svenska folket till att vara favorabelt inställda till socialism, kommunism och Sovjet, och negativt inställda till nationalism, kärnfamiljen, svensk kultur och traditionella konservativa värderingar och normer. Påverkansagenterna skulle infiltrera hela det svenska statliga systemet, bli lärare, rektorer, journalister, författare, sedan förläggare, myndighetschefer, och långsamt och metodiskt bryta sönder det svenska samhället i sina beståndsdelar. Målet var att ändra folkets världsuppfattning så att det trots fri tillgång till information inte skulle kunna tänka kritiskt och dra egna slutsatser. Individerna skulle inte kunna agera i syfte att främja sitt eget, sina familjers eller sitt samhälles väl.

Den ideologiska subversionen uppdelades i fyra faser:

Fas ett kallades Demoraliseringsfasen och varade 15-20 år. Det var den tid som krävdes för att skölja en generation universitetselever i marxist-leninistisk ideologi och hjärntvätta dem med propaganda. Dessa skulle 20 år senare vara rektorer, myndighetschefer, politiker, författare och journalister.

Fas två kallades Destabiliseringsfasen och varade 2-5 år, med fokus på att bryta ned ekonomin, nedrusta försvaret och sabotera internationella relationer, främst med USA och Israel.

Fas tre kallades Krisfasen. Den kunde ta några veckor. Landet kollapsade, infrastrukturen slutade fungera, el, mat och vatten-försörjning bröts. Detta kallades systemkollaps.

Fas fyra kallades Normalisation, och kunde vara för evigt. Ett exempel på denna fas var när det blev uppror i Tjecko-slovakien och sovjetiska stridsvagnar rullade in. Då annon-serade Sovjets ledning att situationen i broderlandet Tjecko-slovakien blivit "normaliserad". Det innebar i princip en evig militär ockupation.

Sovjet hade en stor diplomatisk representation i Sverige, med 120 diplomater och tjänstemän, ett antal tjänstemän på bilimportföretaget Matreco Handels AB, där statsminister Olof Palmes bror Claes Palme var styrelseordförande, samt en handelsdelegation på Lidingö. Man bedömde att ett stort antal av dessa personer bedrev spioneri.

10% av KGB:s verksamhet i Sverige bestod av spioneri, eller informationsinhämtning. Man spionerade på UD, Försvarsmakten, Polisen, Säpo, Flyktingföreningar, Baltiska länder, EU och Stockholms Internationella Fredsforskningsinstitut SIPRI. Man sökte efter industrihemligheter om speciallegeringar, analysinstrument, laserteknik, mikroprocess-styrda robotverktyg, bioteknik och genteknik, tele- och kommunikationselektronik.

Informationsinhämtningen utfördes av agenter med olika specialistområden, så kallade "linjer":

PR-linjen (politik, ekonomi, informationsinhämtning, aktiva åtgärder eller desinformation)
KR-linjen (kontraspionage, operational security, opsec)
EM-linjen (emigranter)
X-linjen (teknik och vetenskap, informationsinhämtning)
N-linjen (samband med illegalister)
RP-linjen (avlyssning, chiffer, krypto)
SK-linjen (säkerhet, bevakning av sovjetisk personal)
I-linjen (datorer)
OT, RP (signalspaning, kontrasignalspaning)

Spioner hade kodnamn såsom Klara, Pianist, Seaman, Viktor, Rajkhman, Kubyas, Apraksin, Valerian, Senator eller Chance.

Detta var alltså den klassiska informationsinhämtningen eller spionaget. Oleg skulle dock ingå i en avdelning för "illegalister", vilket utgjorde resterande 10% av verksamheten. Basen som Oleg skulle tillhöra var organiserad som ett dolt nätverk av celler och enskilda operatörer som under täckmantel levde i landet och låtsades arbeta som byggjobbare, taxichaufförer, lärare etc. En sådan påhittad bakgrundshistoria kallades "legend". Det var en hel organisation som existerade i all hemlighet. På basen visste man att det fanns andra nätverk i Stockholm men man fick sina uppdrag från Moskva och de fick sina. Skulle någon vara förrädare eller bli arresterad kunde denne inte avslöja mer än just sin cell och sin lilla del av nätverket. Agenterna och underrättelseofficerarna kom från varje hörn av Sovjetunionen, och de hanterade KGB-utbildade agenter från öst- och västtyskland, Sverige, Norge och Mellanöstern. Man använde sig systematiskt av kriminella och legosoldater för rån, mord och smugglingsverksamhet för att dölja KGB:s närvaro. Nätverken befann sig i landet "illegalt" och agenterna kallades "illegalister". I andra länder hade illegala nätverk ibland kontakt med den lokala sovjetiska ambassaden men i Sverige hade man ingen som helst kontakt med den då de ryska diplomaterna var dygnet-runt-bevakade av svenskarnas säkerhetstjänst. De var skuggade och avlyssnade. Det förekom informellt informationsutbyte mellan diplomater och illegalister men det var sällan, bara när det rörde extremt viktiga saker. De illegala agenterna åtnjöt inget som helst diplomatiskt skydd. Blev man tagen av polisen var man ryska gangsters och svartjobbare, Sovjet skulle aldrig hjälpa en. Det kan låta som en nackdel men det innebar att man hade stor frihet i sin operativa verksamhet.

Röda Torget i Hökarängen

Kapten Alexej välkomnade Oleg då han anlände till basen. De andra agenterna presenterade sig. Alexej var klädd i en ljusgrön kavaj med axelvaddar, jeans, vita tennisstrumpor och loafers. Senaste modet. De andra agenterna var mer klädda som byggjobbare, koftor och arbetsbyxor. Sergej bar en vit- och blårandig rysk marininfanteri-tshirt.

"Kapten Brodsky anmäler sig för tjänstgöring".

Alexej svarade.

"Tovarisch, här är vi ganska informella. Vi sover tillsammans, arbetar tillsammans, diskar, tvättar tillsammans. Vi är som en familj, förstår du."

"Jag förstår, Kapten."

"Vi kallar varandra vid förnamn. Oleg heter du alltså. Och vi hoppar över graderna. Vi är bröder och systrar, vi har alla samma rang här. Och det är förbjudet att vara militärisk och rysk. Ingen är högljudd. Vi kan liksom inte syra surkål på balkongen, det gör inte svenskarna, det skulle väcka uppmärksamhet. Vi måste smälta in och vara diskreta."

"Jag förstår, Kap... Tovarisch. Kompis."

"Han lär sig snabbt. Snart åker du längdskidor och dricker lättmjölk till frukost istället för vodka."

Oleg var ovan vid informella grupper. Det verkade inte vara lika farligt här i Sverige som i Kabul eller Libanon, inga mördare från franska DGSE, Direction Générale de la Sécurité Extérieure, eller Israeliska MOSSAD som jagade en.

Lägenheten, eller "kvarten" som man sa på svenska, och som utgjorde Olegs bas, var belägen i Hökarängen i södra Stockholm. Annars kallades förorten Hökis. Trevlig, modern och lugn förort. Det fanns ingen öppen kriminalitet här. Det betydde att folk inte gick runt och var misstänksamma. Detta var uppe på ytan alltså, det som vanligt folk såg, den svenska medelklassen. Sedan fanns ju den undre världen. Här kunde man få tag på alla droger och vapen man kunde tänkas vilja ha. Vapen från den undre världen som inte luktade KGB eller hybridkrigföring. Det myllrade av kriminella, alkisar och knarkare som kunde pressas att utföra jobb som knarkförsäljning, inbrott, mord och beskyddarverksamhet, utan att veta att de arbetade för KGB. Oleg fick en Colt 45 pistol, den skramlade lite, plastbitarna på handtaget var fastsurrade med silvertejp täckt med svart sprayfärg som börjat flagna av. Den såg ut som något som katten släpat in, något som tillhörde en pundare och inte en hemlig KGB-agent. Perfekt. Endast det bästa var gott nog för att främja allmänheten. Den sovjetiska allmänheten alltså, inte de svenska tanterna och byggjobbarna som bodde i hökis.

Tjack-kvart, tänkte Oleg, ordet måste härstamma från vårt ryska Kvartire, "lägenhet". Se där, det fanns eleganta och vackra ord även på detta barbariska fascistspråk. Men varför, vid Lenins skägg, sa de "förmiddag" om tiden före lunch och "eftermiddag" om tiden före middag?

Oleg ingick i en grupp på fem operatörer som skulle planera och utföra operationen. De kunde allt om amerikansk underrättelsetjänst och hade förmåga att bekämpa fascistagenter och baser. Alexej var förbindelseofficer, Vlad chaufför, Sergej var spanare med falsk identitet som tjeckoslovakisk taxichaufför, Gregorij, eller Tank som han kallades, hade hand om materiel och utrustning. Gregorij var enormt kraftig, och han liknade en stridsvagn. Han var gruppens gnällspik och var oftast på uruselt humör. Oleg var utförare och giftexpert. De var alla mästare på spaning, förklädnad, vapenhantering, psykologi och sjukvård. Katja, en officer från Departement 14 var hela nätverkets förklädnadsansvarige. Hon införskaffade alla kläder och rekvisita. Departement 14 ordnade falska id-handlingar, vapen, kläder, kemikalier till gift och sprängämnen, kameror, avlyssningsutrustning och radioapparater. Katja skötte även uppgifter från Departement 12 som ansvarade för agenternas täckmantlar, hon ordnade jobb, identiteter som turister, diplomater, journalister och konferensdelegater. Hon ordnade även boende. Hon hade stort ansvar men det var viktigt att ha så få inblandade agenter som möjligt. Operatörerna övade på sina förklädnader och sina påhittade identiteter så att de skulle kunna smälta in perfekt i det svenska samhället. De skulle inte låtsas vara svenskar utan väl integrerade invandrare.

De andra agenterna hade arbetat flera år i landet och kunde språket hjälpligt, Oleg förstod dock inte ett ord svenska. Han var i alla fall duktig på engelska och tyska, en KGB-agent i utlandstjänst spenderade mycket tid på språkkunskap. De bodde tillsammans i en fyrarummare i Hökarängen. Hyreshusen var av rött tegel och låg som ett U runt en liten lekplats. Basen fick smeknamnet Röda Torget. Det fanns alltid någon i lägenheten, men man genomsökte den regelbundet med en liten ultraljudsmikrofon som kunde upptäcka dolda mikrofoner. Svenskarnas mikrofoner hade inte metallmembran så de kunde förstöras genom att man smällde en smällare. Man lyssnade på grannarna med ett stetoskop, så att man skulle upptäcka om fiendens agenter hyrde lägenheten bredvid och tjuvlyssnade.

"Departement 14 har gett oss denna skönhet: En radiomottagare inbyggd i en utfällbar fåtölj."

Filmrullar, mikrofilmer och fotografier låg i flaskor, fickpluntor och insydda i klädfoder. Man visade Oleg vilka olika böcker i bokhyllorna man använde för radiotrafikens chiffer. Om svenska polisen gjorde en kontroll skulle de förhoppningsvis tro att det var ett gäng ryska svartjobbare eller gangsters som bodde i lägenheten och man skulle inte börja leta efter chiffer och radioapparater.

I lägenheten hade man ett litet hemmagym, med bänk, skivstång, hopprep och boxhandskar. Mördare måste vara i fysisk topptrim.

Stockholm

Några veckor senare låg Oleg på sin madrass i ett av sovrummen för att försöka sova. Sergejs snarkande lät som en polsk industristad. Och den här skitstaden är så liten att man måste förklä sig varje gång man rekognoserar eller möter en operatör. Oleg trivdes inte. Man måste bli skjutsad av förklädda taxichaufförer och budbilar, för att aldrig synas för ofta på samma ställe och dra till sig polisens uppmärksamhet. Annat var det i Afghanistan, där kunde man bära sin uniform. Till och med Syrien var lugnare. Paris och London var ansträngande, för mycket folk hela tiden, man var dock väldigt anonym, såg aldrig samma personer mer än en gång. Utom bartenders, och dessa skulle man ju lära känna ibland, för att smälta in, för att bygga identiteter. Men nu skulle han inte bygga identiteter utan "åtgärda" en fiende.

I Olegs hemland gick man till marknaden för att köpa lök, bröd och delar av ett grishuvud att laga soppa på. Man kunde åka flera mil för att få tag på kött. Man fick köa en halvtimme för att köpa en limpa bröd. Sprit och cigaretter fanns visserligen överallt, det var som luften. I detta kapitalistland gick de till marknaden på torget mitt i staden för att köpa jordgubbar utan smak och fula solglasögon. En flaska sprit kostar en månadslön och man får köa en halvtimme för att få betala. Hade ingen läst ekonomisk teori? Alltså riktig ekonomisk teori? Om folket här läste Marx läror skulle de snart inse att de var slavar åt de amerikanska bankerna.

Oleg Brodsky hade nästan glömt bort sitt egentliga födelsenamn, det kändes som någon annan, ett barn på andra sidan världen. Det är lustigt hur snabbt man vänjer sig vid ett annat namn, man blir en ny person, men det är lite deprimerande, livet blir som en teaterpjäs. Man tappar anknytning till människor och saker. Å andra sidan är det som att födas på nytt och man upptäcker nya aspekter i livet och nya personer man aldrig lagt märke till innan. Livet hade en annan smak, lite vildare, lite mer spännande.

Kapitel 3. Geopolitik.

Virginia

Jason föddes i Virginia, USA. Hans far hade varit fallskärmsjägare under andra världskriget, och han ville att hans son skulle bli elitsoldat. Han uppfostrade sin son att vara god, Gudfruktig, att vilja arbeta för det gemensamma, att hjälpa till. På grund av faderns krav under hans barndom betraktade Jason i princip sin uppväxt som sin militärtjänstgöring. Han var atlet i skolan och han hade bra betyg, men han gillade främst sport, vapen och krigsfilmer. Han visste tidigt att han skulle bli soldat. Han tjänstgjorde i arméns Gröna Baskrarna i Vietnams djungler, han var van att arbeta i små grupper på fientligt territorium. De som tjänstgjorde i gröna baskrarna fruktade ingenting. Efter kriget kom han hem till ett land som helst ville glömma allt vad Vietnam hette. Det var svårt att finna en mening i tillvaron. Han ville visa hur modig han varit men folk blev rädda och tog avstånd från hans självsäkra och uppriktiga inställning. En dag blev han kontaktad av en person som ville anställa honom för något jobb. Han gick med på att möta rekryteraren över en kopp kaffe på ett café. Det var en rekryterare från CIA. Han undrade om Jason var intresserad av att arbeta med personskydd, alltså som livvakt åt politiker och andra skyddsvärda personer. Jason tackade ja utan att tveka. Han genomgick en intensiv träning sju dagar i veckan, tills han tappade räkningen på månader. Han blev erbjuden ett uppdrag i Europa och tyckte att det verkade spännande, han tackade ja och flyttade till Paris. Han fick en tjänstelägenhet, som i Paris naturligtvis räknades i kvadratcentimeter och inte kvadratmeter. Det var två rum, gemensam toalett i trapphuset, ingen centralvärme och några plankor till dörr.

Han mötte sin Case officer, "Bob", som gav honom uppdragen och var hans kontakt med CIA. Bob berättade att man behövde likvidera en amerikansk medborgare som var en aktiv knarksmugglare. Han smugglade heroin och hasch från Afghanistan till Europa, det gav inkomster åt KGB och Sovjet som sålde det och förstörde samtidigt de europeiska, läs NATO-medlemmarnas, inre stabilitet. Det var visserligen ett mord men det var svårt att känna sympati med denne onda person som förstörde andras liv. "You have to break some eggs to make an omelet" som man sa på andra sidan plurret. Knarksmugglaren skulle få genomgå en "hälsomodifikation" vilket var CIA:s term för att bli avlivad. Jason sade att han kunde sköta det.

För en bättre värld

"Kommunisterna (...) förklarar öppet, att deras mål endast kan nås genom en våldsam omstörtning av den hittillsvarande samhällsordningen. Må de härskande klasserna darra för en kommunistisk revolution. Proletärerna har i den ingenting mer att förlora än sina bojor. De har dock en värld att vinna. Proletärer i alla länder, förena er!" Det kommunistiska partiets manifest. Karl Marx och Friedrich Engels

Jan Olsson var 33 år. Han hade som tonåring gått med i olika kommunistiska grupper, bla Kommunist-Marxistiska kampförbundet för Sveriges kommunistiska parti, MLK. Olsson hoppades på att Sverige snart skulle befrias från moderater och adel genom att hundratusentals arbetare skulle gå ut på gatorna med vapen i hand för att inleda proletariatets revolution.

Han såg sin chans att bege sig ut i världen för att "skapa ett bättre liv åt de breda massorna" genom att 1982 resa till Libanon och delta i den revolutionära kampen. Kriget i Libanon var visserligen inte ett krig mellan kommunister och förtryckare men vad rör det en 30-årig hängiven kommunist från Tyresö som ska rädda världen? Det fanns "röda brigader" i varje krigshärd.

Han hade skadats av en gevärskula i högra benet och låg på sjukhus i Libanon då han fick besök av några ryska män. De var från KGB och de ville rekrytera honom. Han sändes till KGB:s spionskola i Barcelona och fick sedan terroristutbildning bland Libyens sanddyner. Han lärde sig telegrafi,

39

blankettchiffer och hur man överlämnar information till sin uppdragsgivare. En personlig annons i en dagstidning kunde beskriva när, var och hur han placerat ett brev med information någonstans, tex under en förutbestämd parkbänk, under en sten eller i en bäck. Manliga kodnamn i annonsen beskrev plats för "dead drops", eller platser där man anonymt lämnat information, och kvinnliga namn innebar att han lämnat information på det hemliga stället och att den behövde hämtas. En sådan annons kunde lyda "Herr Andersson ger pianolektioner för 100 kr/timme." KGB kunde sedan sätta in en annons till svar med en viss kod för att bekräfta att man hämtat informationen, till exempel "5 kattungar säljes".

Jan återvände till Sverige och arbetade i sin faders fiskeaffär. Han träffade en klipsk tös och gifte sig efter en kort tid. De var hängivna kommunister och byggde med hjälp av en officer från KGB upp en spionring i Stockholm. Cellen hade tio medlemmar, och de samlade in pengar, knöt kontakter med personer och tränade inför den kommande revolutionen. Jan var inte med i SÄK:s register över kommunister som bar på och spridde revolutionära idéer eller bedrev subversiv verksamhet. Ingen hade lagt märke till honom. Ingen visste om att han ägde en revolver, utom hans fru. Han hade inga planer på att agera med militära medel för sin ideologi inom den närmsta tiden, så ingen kunde ha intresse av honom. Det var han säker på. Polisen, Socialdemokratiska partiet, Säpo, alla spionerade på kommunister. Men enbart de som öppet på arbetsplatser stoltserade med det, de som gick runt och nynnade på internationalen. Det var en klumpig och ineffektiv strategi och de riktiga spionerna, de som tränades av KGB, GRU och STASI, de upptäcktes sällan eller aldrig. Tvärtom blev organisationerna som spionerade på kommunister i sin tur infiltrerade av dessa. Man hade på så sätt omedvetet listor över personer som var potentiella medhjälpare vid ett krig, men också över personer som var fiender till kommunismen och kopplade till svenskarnas underrättelsetjänster. Trodde man att helt outbildade socialdemokrater, fackföreningsmän och poliskonstaplar skulle överlista sovjetiska agenter som tränats i spioneri i tjugo år, sedan barnsben?

En dag fick han ett brev i brevlådan. Det såg ut att vara ett brev från hans mor, men det var det naturligtvis inte. Mellan raderna stod ett meddelande med osynligt bläck. Någon hade skrivit ett meddelande med majsstärkelse, och när Jan blaskade jodlösning på pappret framträdde skriften. Det var instruktioner från hans KGB-kontakt. Man bad honom söka anställning som kontorist på regeringskansliet. Han var nu vad som kallades en perspektivspion, eller en mullvad, en sovande agent som långsamt skulle infiltrera fiendens organisation i syfte att få tillgång till information. Han fick inte någonting i betalt men han var en del av det internationella kommunistiska kollektivet. Han var mycket stolt. Han fick kodnamnet Ida.

För friheten

Mehmet var Kurd. Kurderna var utan eget land, och det var ett helt folks trauma. Mehmet hade som liten bestämt sig för att bidra till att hans folk fick ett eget land, ett etnonationalistiskt Kurdistan. Han hade tränats i krigföring av KGB och han och hans organisation var beväpnade med sovjetiska vapen.

KGB behövde frivilliga till en mängd olika uppdrag i Europa. Man fick aldrig veta vad man skulle göra, vem man arbetade för, man var själv och lydde order. Man gjorde det i utbyte mot att ens folk skulle få tillgång till sovjetiska vapen och tränings-läger.

Hösten 1985 hade han tackat ja till ett uppdrag som innebar att han skulle vara stationerad i Stockholm, i Sverige, eller var det Schweiz, det började med samma bokstav i alla fall. Det var ett land som låg högst upp på jordgloben de hade i skolan.

Han reste dit och hade nu levt där några veckor. Han hängde på caféer och lärde känna nya vänner och han hittade sina rutiner. Han inväntade order, och veckorna gick.

Игорь

Igor föddes i staden Krasnodar. Han hade idrottat sedan barnsben. Hans far var officer, hans mor hade även hon tjänstgjort under det stora fosterländska kriget, som prickskytt. Då Igors far var en hög officer stod alla dörrar öppna för Igor. Alla utgifter betalades av Staten. Han hade sedan barnsben varit medlem i Dynamo Sportklubb, som fanns i alla större sovjetiska städer, och hade börjat spela hockey, tränat karate, jujutsu, löpning och styrketräning. De sovjetiska medborgare som var utvalda att ingå i specialtrupperna påbörjade sin träning inom skolan vid tio års ålder. Det fanns olika stadier i träningen beroende på åldersgrupp: Vid 10-13 års ålder genomgick Igor programmet Mod och Skicklighet, vid 14-15 Ung Atlet, och vid 16-18 års ålder Styrka och Mod. Då han fyllde 14 fick han boken Den Unge Soldatens Handbok, som handlade om hur bra Lenin var, vilken tur Sovjet hade som berikats med kommunism, men halva boken handlade om

militär organisation, igenkänning av fientliga fordon och flyg-
plan och slutligen vapenhantering med olika vapen. Hans
favorit var NRS-2, scoutkniven som kunde skjuta ett pistolskott
då den var en sorts hopfällbar pistol. Han drömde om att bli
Kosmonaut. Då måste man passera KGB:s spetsnaz-
utbildning, och dessutom vara bäst i klassen. Först då fick man
söka in till antagningsproven. Han lyckades bli bäst i klassen,
han var starkast, ihärdigast och brutalast. De ville inte ha
intellektuella, men sådana som lär sig nya saker snabbt. Han
var en av Sovjetunionens bästa krigare. Efter att ha tjänstgjort
som officer i små korta operationer i tre år i Libanon, Libyen,
Syrien och Östtyskland lämnade han in en ansökan om att bli
antagen till Spetsgruppa A. Han fick gå igenom alla tester som
Kosmonauter skulle gå igenom: Han var känslo- mässigt
välbalanserad, optimist, han behöll sitt lugn i stress- fyllda
situationer, han tålde tryck- och temperaturfall, han var inte
rädd för vatten, trånga utrymmen eller eld. En aspirant av
hundra blev antagen till den amerikanska elitstyrkan Navy
Seals. En av tusen blev antagen till Alfa, i någon av enheterna
som var posterade i Minsk, Kiev, Krasnodar, Alma-Ata,
Sverdlovsk och Khabarovsk. Han blev antagen.

Spetsgruppa A, eller Grupp Alfa, hade flera uppgifter. Man var
livvakter åt Sovjets ledare och generaler, man befriade gisslan
vid gisslantagningar på flygplan och ambassader inom såväl
som utanför Sovjet. Man arresterade CIA-agenter och organi-
serade militära överraskningsanfall såsom stormningen av
presidentpalatset i Kabul 1979. Man övade även på att infil-
trera och slå ut fientliga länders kärnkraftverk. Vid en övning
för något år sedan hade man gett Alfa-soldater i uppdrag att
som övning försöka infiltrera ett sovjetiskt kärnkraftverk,
samtidigt som man informerat säkerhetschefen om övningen.

Några soldater hade klätt ut sig till anställda och besökare och de hade lyckats simulera att man slagit ut kraftverket.

Kaskad-programmet var ett utbildningsprogram där enheter ur KGB och Alfa men även andra kontra-subversiva enheter för lösandet av interna "anomalier", och GRU för rent militära operationer, utbildades. Operation Kaskad var även namnet på utbildningen av specialenheter som skulle sättas in i Afghanistan. Programmet var inriktat på mord och sabotageverksamhet, strid i olika klimat, gerillakrigföring och spionage. Man tränade soldaterna i att utföra "verkställande åtgärder" eller lönnmord på politiska motståndare, samhällskritiker och motståndare till världskommunismen. Det var föregångarna till dessa enheter som Stalin använde för att mörda Trotskij i Mexiko.

Logementet. Han vaknade kl 6 på morgonen. De hade fysträning en timme, någon i plutonen hade misskött sig dagen innan så plutonen fick göra fysträningen i kalsonger i vinterkylan. Han kom tillbaka till luckan. Det var morgonvisitering. En officer kom in, han var iklädd en vit t-shirt och vita bomullshandskar. Han kastade sig fram över golvet och svepte med de vita handskarna längs listerna över golvet. Blev hans vita kläder det minsta smutsiga slet man upp allas bäddning och rev ut alla saker ur skåpen. Allt skulle vara perfekt rent och ordnat. För att visa att man gjorde allt i ens förmåga för att lyckas med sin uppgift.

Igor öppnade omtöcknad av ansträngning ett av sina två skåp. Där fanns hans uniform ihopvikt och hans blankputsade kängor. Han ville vara bäst, då han visste vad som krävdes om han skulle uppnå sina drömmar. Han putsade kängorna varje kväll. Först med en bomullstuss med varmt vatten, för att öppna porerna i kängornas läder, där smetade han varsamt in skokrämen, molekyl för molekyl. Sedan gnuggade han med en bomullstuss doppad i kallt vatten, för att stänga porerna. Efter några gånger kunde han läsa sin namnbricka i spegelglansen på en meters avstånd. Det handlade inte om att ha fina skor, det handlade om att anstränga sig till 200% för en uppgift och att bemästra varje aspekt inför uppgiften. Det handlade om hängivenhet, om motivation, om disciplin, att oavlönat arbeta för att vara ett verktyg för de sovjetiska folken. Han klädde sig och gick till frukostmatsalen. Han åt mest nötkött och ägg. Han hatade att vara hungrig. Han hatade när befälen sa att "hungriga vargar jagar bäst". Ja, men de är hungriga.

Det var tid för uppställning. Plutonen av elitsoldater stod på tre led i korridoren. Officeren vandrade runt dem utan att säga någonting. Slutligen ställde han sig framför dem.

"Jag tar befälet. Dagofficeren anmäler hur många som är närvarande."

"23 man, kapten. 2 Sjuka, 5 skadade."

"Gott. Lite svinn får man räkna med. Ni andra får bära med deras packningar och vapen. Fördela det jämnt mellan er. Hör upp. Imorgon reser vi till en okänd ort med ökenklimat. Två veckor senare kommer vi träna i arktiska förhållanden. Så njut av vädret här, flickor, snart börjar det roliga. Verkställ!"

Under förmiddagen skulle de öva skytte med amerikanska vapen. M16 och pistol. Här lärde man sig bemästra alla vapen som fanns på marknaden: sovjetiska vapen, NATO-länders vapen, neutrala länders vapen, israeliska vapen. Allt. Man skulle kunna skjuta och göra vapenvård. I pistolskytte övade man att dra snabbt, att slå motståndaren i ögat med pipan medan man drog vapnet, man sköt med höger och vänster hand, man kastade sig bakåt och sköt liggandes på rygg vilket var den effektivaste tekniken mot en anfallare med kniv. Man övade med pistoler, revolvrar och man lärde sig bygga ljuddämpare.

På eftermiddagen hade de närstrid, gripande av fiende. Man skulle träna på att gripa CIA-agenter, utan att någon bredvid märkte något. Tanken var att man skulle arrestera fiendens spioner utan att vare sig deras familj, civila arbetskollegor eller deras uppdragsgivare märkte vad som hänt. Då skulle KGB ha möjligheten att utpressa dem att bli dubbelagenter. De övade på att stå på vänster sida om offret, på höger sida, framifrån och bakifrån.

Igor och hans grupp hade redan övat en hel del de senaste veckorna och under eftermiddagen körde man runt i staden Krasnodar och övade på intet ont anande civilpersoner.
"Där, fånga honom. Han är en agent!" Övningsledaren pekade ut någon förbipasserande på måfå.
Tre operatörer gick fram till den stackars ovetande personen. Igor lade armen runt honom och låtsades som om de var gamla vänner.
"Du, jag glömde betala tillbaka för vodkan du sålde mig. Här är lite pengar."
"Va, vem är du?" Kläderna drogs av.
-Klick-
En operatör hade dragit ner byxorna och av jackan och muddrat personen i samma rörelse som handbojorna åkte på. Inga giftkapslar, självmordsvästar eller vapen. Den tredje operatören hade spanat efter medkumpaner.
"Tack, ha en bra dag. De släppte mannen och gick tillbaka till bilen."

Dagen efter övade de skytte med svenska vapen, Kpist 45 och Heckler & Koch G3, som svenskarna kallade AK-4, eller automatkarbin 4. En AK-4 var som ett automatiskt jaktgevär. Man kunde ju inte skjuta automateld förstås, om man försökte gick ett skott på målet och resten rakt upp i luften på grund av den kraftiga rekylen. De fick prova att bränna av några skott i automatläge, för att förstå varför det inte fungerade. Det var halvautomat som gällde. Till skillnad från kpist 45, vars rekyl gick exakt rakt bakåt vilket betydde att man kunde riva av ett magasin på 36 kulor och alla kulor träffade inom en femkrona, om man sköt på tio meters avstånd. Kulorna var dessutom pansarpenetrerande och kunde slå igenom skottsäkra västar och motorblock på bilar. Bra för närstrid. AK-4:an, den var definitivt inte lämpad för närstrid eller strid i bebyggelse, men perfekt för eldöverfall mot vägar i skogsterräng. Bössan var dock lång och fastnade i maskeringsnät och trädgrenar. Magasinet tyngde ner den ytterligare. Man fick dessutom inte låta den vila med magasinet mot marken när man sköt, då kunde det bli eldavbrott, en kula kunde fastna i mekanismen. Så det var tungt att ligga ner och skjuta och man hade en farligt hög profil. Det var möjligt att montera kikarsikte på AK:n, men man hade inte fått tag på svenska sådana. Verkstan hade monterat ryska kikarsikten.

En eftermiddag skulle alla operatörer i plutonen skjuta en varsin oskyldig schäferhund. Man skulle vänja sig att döda utan känslor. Döda utan glädje, utan att tveka ens bråkdelen av en sekund. När det var strid i en trappuppgång eller på gatan var det hundradelar som avgjorde vem som överlevde och vem som stupade. Och soldater i grupp Alfa hade inte tillåtelse att dö utan att ha fått order om det.

Igor kom hem på permission några dagar senare. Han berättade för sin lillebror om alla prövningar han hade behövt utstå. Hans mor, Alina, skrattade.

"Ni är roliga ni små gossar. Igor, du skulle prova att vara ensamstående mor med två barn. Du skulle gråta efter en timme. Du blir väckt mitt i natten av en unge som har feber, du ska ha koll på dina kläder och barnens, du ska laga mat, tvätta, och sen ska du gå till arbetet. För att komma hem och diska, laga mat, städa, natta barnen. I tjugo år. Igor du skulle inte klara en dag. Tänk vad din kära mor gör för er."

Kapitel 4. Uppdraget.

15 November: Uppdraget

En kväll kallade Alexej de andra till vardagsrumsbordet för att presentera operationen. Han ställde en flaska vodka på bordet tillsammans med några bulka, vitt frukostbröd, smör och ost och några paket cigaretter. På bordet stod även en tallrik med blinier, små plättar på bovetemjöl. Det var kväll och männen satt runt bordet och pratade och rökte. Det var förbjudet att vara högljudd eller spela rysk musik. De befann sig på fientligt territorium, detta var deras skyttegrav. Det låter enkelt men att leva på det sättet var som att leva i en ubåt, det var extremt påfrestande rent psykiskt. Bara mentalt starka personer kunde ha det här yrket.

Alexej drog fram ett brunt kuvert och lade det på bordet. Han öppnade det och drog fram ett hundratal papper. Han höll pappersbunten i handen och tittade på de andra med en sorts uppgiven konstaterande min.

"Charaschå, bra, alla är samlade. Jaha, här fanns det ju en hel del". Han vände på det översta pappret och där fanns en liten svartvit bild på en man.

"Denna operation kallas tydligen Operatsiya Ruka Stalina, "Operation Stalins Hand". Ni förstår vem målet är. Svenskarnas statsminister."

"Ursäkta, va, vad sa du?" Oleg var chockad.

"Öh, Operation Stalins Hand. Det är nog inte så viktigt, det är bara ett namn, du vet så att det ska se fint ut i papprena i Moskva..."

"Jag menar målet."

"Ja, jaha. På så vis. Nu förstår jag. Du blev felunderrättad så att du inte skulle känna till det riktiga uppdraget om du skulle åka fast eller... eller, du vet. Ja."

"Jag förstår. Så amerikanarna kommer alltså inte döda honom?"

"Jo, hurså? Men vi kommer göra det först. Hursomhelst, jag tror vi andra vet mer om honom än vad Oleg gör, så vi får berätta lite för honom."

Alexej fortsatte.

"Våra spanare har studerat statsministern noga sedan fem år. Han har naturligtvis följts noga av KGB de senaste 30 åren. Det är en annan avdelning som dragit upp grunderna till denna operation, jag har bara tittat igenom lite snabbt, jag tänkte att vi tar över ansvaret tillsammans."

Han gick till spisen för att hämta en kopp te.

"Jag sammanfattar. Orientering: Den svenska statsministern har betytt så mycket för Sovjet och världskommunismen. Han har bidragit till det palestinska motståndet mot Israel. Han har stöttat Fidel, ANC, Solidarité, Nordvietnam, Kina, ja varenda socialistisk frihetskamp i världen. Men. Det finns ett mycket starkt skäl till vårt uppdrag. Ett skäl till att vi måste "ta hand" om honom."

Alexej gjorde en konstpaus för att lägga till lite dramatik och spänning.

"Statsministern har varit trogen världskommunismen, som sagt. Han har förberett sitt land för att bli en sovjetisk provins. Men han har trots allt studerat i USA i sin ungdom och varit agent åt CIA. Vi trodde länge att han valt sida, att hans totala lojalitet var gentemot Sovjet. Men nu är det så att han vill att hans son ska studera vid Harvard, ett universitet i USA. Skickar man sin son till Harvard kommer han inte komma hem som en övertygad kommunist och gå med i Che Guevaras gerillor. Nej, han kommer stödja NATO, Reagan, USA, kapitalism. Alltså betraktar Palme inte direkt den amerikanska fascismen och kapitalismen som en fiende. Kanske, snarare... en vän. Statsministern är garanterat dubbelagent, han låtsas vara sovjetvänlig och socialist men han är fortfarande en agent åt CIA. Han och hans parti har ju spionerat på kommunister i decennier med sin organisation IB. De klassar personer som sympatisörer, organiserade kommunister eller fanatiska kommunister. Vi är mycket osäkra på hans lojalitet. Han är en risk för Sovjet, ett osäkert kort för kärnvapennedrustningen och mänsklighetens överlevnad. Sovjet gillar inte osäkra kort. Denna bakgrund utgör alltså underlag till den order vi idag fått av Moskva."

Han tittade på de andra.

"Han kommer Hoppa Av. Defect to the West. Han kommer bli vald till FN:s chef och bosätta sig i New York. Sönerna kommer studera i USA."

De andra lyssnade spänt på Alexejs ord.

"Order: utför Verkställande Åtgärd på Olof Palme. Ingen får veta vem som ligger bakom. Använd Maskirovka, desinformation, gör en stor maskerad av detta, låt det se ut

50

som om USA eller svenska poliser utfört det, så att de börjar anklaga och misstänka varandra. Vi använder svenska och amerikanska vapen. Det splittrar och destabiliserar deras samhälle."

"Lite bakgrund om målet. Det är bra att veta detta, så att vi inte tvekar en sekund om varför han är Sovjets och socialismens fiende. Han är inte bara statsminister här. Hans släkt är tysk adel och har gård i Lettland. En adelssläkt med tjänstefolk, pigor, chaufförer och herrgårdar. Tjänstefolket hälsar genom att kyssa på handen. Här ser vi hur det blir där de inte inlett klasskampen. Proletariatet måste befria dessa kuvade människor. Han har demonstrerat mot Sovjet och Pragvåren, ni vet Tjeckoslovakien -69. Hans släkt i Sverige är borgare. Denne man har studerat i USA, alltså rekryterats av jänkarna, och han har sedan varit i östländer och knutit kontakter, han gifte sig med en tjeckisk motståndskvinna så att hon kunde flytta hit till Sverige. Naturligtvis sekretny agent. Det knyts kontakter mellan motståndsrörelser i Europa och med NATO. Så detta ligger helt klart på vårt bord. Dessa kontakter måste upphöra innan de växer till sig."

Oleg tog åter till orda.

"Vi följer proceduren. Oavsett om det nu plötsligt är statsministern vi ska arbeta med. Vi ska alltså dra upp en plan, rekognocera, öva, och sedan genomföra planen. Andra agenter städar efter oss och sopar igen spåren. Vi försvinner, och får en lång semester på Krimhalvön. Vi måste ha en plan, och alla vet att planer inte håller, så vi måste även ha en reservplan." Oleg tog upp ett kollegieblock där han antecknat.

"Steg ett: Vi kommer med idéer. Vi måste hela tiden bibehålla den operationella säkerheten. Grannar eller poliser får inte börja misstänka någonting."

De övriga satt tysta och lyssnade.

"Vi definierar uppdraget, som är: Likvidera Sveriges statsminister.

Vi måste samtidigt inkludera ett element av desinformation, Maskirovka. Vi kan få det att se ut som kurder, CIA eller chilenare. Kanske rentav svenska poliser."

"Så, vad har vi för tillgångar? Hur många är vi? Vi är fem agenter och vi har hjälp av vårt nätverk. Vi skulle kanske behöva fler agenter, spetsnaz. Ska vi begära stöd från Grupp Alfa? De tränar på att utföra operationer utomlands."

"Hur kommer vi till området och hur tar vi oss därifrån? Vi har tre personbilar för att ta oss till olika platser. Vi tar oss via nätverk och kanaler ut ur landet efter uppdraget. Dessa måste vi förbereda."

"Vi skall etablera en lista med adresser och telefonnummer för alla inblandade. Radiofrekvenser, chiffer etc. Vi skall inspektera alla platser som kommer att användas för spaning. Utanför målets arbete, bostad, utanför Sveavägen 68, som är regeringspartiets högkvarter. Alla deltagare i operationen skall genomgå en hälsokontroll. Knäskador, skadade axlar och dylikt måste åtgärdas."

"Åtgärdas. Haha."

"Ja, du förstår vad jag menar."

"Vi skall kontrollera exakt vad vi har för utrustning och vapen. Hur mycket pengar har vi?"

"Personlig utrustning och träning. Alla ansvarar för sin utrustning, sina vapen och sin fysik. Alla måste vara vältränade. Armhävningar, hopprep, träna närstrid, men inget som syns utåt, inget buller eller svettiga karlar med box-handskar som grannarna ser genom fönstren. Håll er diskreta. Ta det lugnt när ni ställer hantlarna på golvet."

"Svettiga stiliga karlar, som grannarna ser genom fönstret."

"Ja okej, svettiga stiliga karlar. Kan vi försöka vara seriösa? Utvärdering. Det tar vi när vi sitter i solstolar vid hotellet vid Svarta Havet."

Alexej tog till orda.

"Tack för genomgången, Oleg. Det finns ett tiotal planer mot statsministern som dragits upp av andra agenter de senaste åren. Vi kan gå igenom dem och se om det finns bra idéer till vår plan." sade Alexej. Han delade ut pappersrapporter till männen som började bläddra i dem.

"Här har vi analyser av tiderna målet lämnar bostaden, hans arbetsplats, var han äter lunch. Lyssna på det här: Han har inga livvakter efter arbetstid. För att obemärkt kunna passera dead drops och göra brush pass med våra agenter."

Agenterna såg förvånade ut.

"Då har han väl i alla fall någon sorts skottsäker väst."

Efter en stund frågade han dem:

"Har ni hittat någonting spännande?"

"Vad har vi för val? Paraply med ricinfylld stålkula i spetsen som man skjuter i benet när målet går till jobbet. Sidan 151 i Åtgärds-manualen har jag för mig. Bilbomb. Strypa med vajer. Elolycka, lampa som föll i badkaret osv."

"Skjuta med pistol, tex i trappuppgången vid målets bostad. Vi är ju i en storstad, det är bäst i trappuppgångar." sa Alexej.

"Det var så vi klippte Henri Curiel i Paris för några år sedan."

"Curiel. Vänta, Curiel som ledde organisationen Solidarité?"

"Densamme. Monsieur Curiel."

"Som stöttade alla socialistiska terrorgrupper i världen? ANC, IRA, PLO... Han var ju KGB-agent. Av vilken anledning gjorde ni det?" frågade Sergej.

"En fransk journalist hade avslöjat honom, hans aktiviteter, hela rasket. Han skulle hoppa av, planerade att resa till USA. Så vi fick ta kål på honom. Sen skrev vi ett brev till en fransk dagstidning där vi hävdade att vi var från en högerextrem fransk grupp som tog på sig ansvaret, haha. Delta hette de om jag inte minns fel. Maskirovka. Vi lade ut skenspår. Vi ville inte förstöra vårt fortsatta arbete med de kommunistiska organisationerna, och framförallt Curiels änka, den kurdiska kvinnan Joyce Blau. Hon hanterade kontakter med svenska spioner inom den svenska regeringen."

"Märkligt hur lätt det låter."

"Kan vi fokusera på uppdraget? Palme bor ju mitt på en turistgata. Många skulle höra skottet."

"Pistol dold i cigarettpaket?", sa Sergej.

"Gamla varianten i så fall. Den nya är för fjuttig." insköt Vlad.

"Han kan ha livvakter eller skottsäker väst, och då duger det inte med en ärtpistol."

"Spruta gift i maten på en restaurang, leda bort målet och sätta denne i en bil och knuffa den ner i en sjö." undrade Alexej.

"Gjorde inte STASI något sådant för ett tag sedan?"

"Lättare på kvinnor. En man kan låtsas leda ut kvinnan från restaurangen.", svarade Oleg.

"Kan vi inte dra av en bomb under hans bil? Sitter fast med magneter. Fjärrutlöst. Eller timer."

"Vi har några östtyska tidsutlösare, MST-13."

"Jaha, dom. Annars kanske vi kan få tag på andra? Man kan ta en från en tvättmaskin."

"Det hade varit ett alternativ, men då klipper vi hans hustru också. Han verkar enbart ta bilen tillsammans med henne, när de åker på helgutflykt."

"Om det blir skjutning på gatan då vill vi att det sker i en liten oorganiserad folksamling, för att undvika att bli upptäckta av livvakter och kunna komma nära målet. Det blir också mer rörigt efter skjutningen och mycket lättare att fly. Skytten bör vara 1-2 meter från målet, inte längre. Speciellt om vi har ljuddämpare, det är ju svårt att sikta. Med ljuddämpare måste man nästan trycka mynningen mot målet om man vill skjuta en gång. 3-4 skott kan man tillåta sig i en trappuppgång men på gatan drar man till sig så mycket uppmärksamhet. Ett skott mot hjärtat eller bakifrån mot ryggraden är bäst i detta fall. Man kan ju gå förbi målet och hålla en pistol tvärs över bröstet, innanför en kavaj, men det är stor risk att målet inte avlider."

"Vad har vi för information om hans vanor? Andra agenter har tidigare kartlagt hans beteendemönster. Han promenerar till och från arbetet, det tar ungefär sju minuter och det är helt öppet. Poliser, civilklädda poliser, säkerhetsvakter och slottsvakter. Sveriges mest bevakade 300 meter."

"Så vi utgår från att det måste ske någon annanstans."

"Det låter klokt."

"Så vad finns det för "annanstans", på arbetet eller på hans fritid?"

"Han blir hämtad av livvakter vid ett Apotek en bit från lägenheten. Kan man slå till där?"

"Nja, då får man ju två beväpnade livvakter som vittnen och man kommer behöva gå i strid med dem. Eldstrid. De har kanske en skottsäker bil. Jag tycker vi släpper den tanken."

Alexej läste i dokumenten.

"Socialdemokraternas partihögkvarter. Det ligger på Sveavägen 68. Där har han för övrigt ett kontor till sitt förfogande. Arbetarnas Bildningsförbund. Sveavägen 41. Jazzklubben Gyllene Cirkeln, som drivs av den socialdemokratiska konsumentföreningen KF, där han ofta hållit tal. Det ligger även en biograf där. Så hela hans yrkesliv har han rört sig i samma kvarter. Han brukar gå hem längs Sveavägen, eller ta tunnelbana dit och hem, station Rådmansgatan på Sveavägen, också på Sveavägen."

"Sveavägen, Sveavägen. Det finns ju ett mönster här. Bevakning?"

"Ingen bevakning. Ingen polisstation i närheten. Inga vakter. Tvärtom finns där en livlig droghandel. Så vi har folk som rör sig där ofta."

"För en skjutning, finns det vägar där man kan fly till fots? Gångvägar där man inte kan följa efter i polisbil?"

"Det finns flera ställen, på båda sidor om Sveavägen. Man skulle kunna ha en bil på varje sida, en på västra sidan och en på östra."

"Flyktbil på Sveavägen?"

"Dålig idé, man skulle snabbt bli förföljd av halva stadens polisbilar."

"Vi har en kvinnlig agent som är anställd på fruns arbetsplats och de har blivit vänner. Vår agent bedömer att hon kommer vilja spendera tid på tu man hand med sin make innan Moskva-resan. Där kommer det finnas läge."

"Målet äter ofta på en restaurang nära arbetsplatsen sena kvällar. Han brukar då ha en kollega i sällskap. Där har vi en öppning. Låt mej se, Restaurant Cattelin, i den gamla stadsdelen. Vi har tydligen fått in en där, en servitris. Bra bra. Vi skulle kunna spränga den men... det skulle bli så internationellt och sensationellt. Vi kör som vanligt. Målet ska bara tystas och glömmas bort."

"Han går ibland på bio eller restaurang med sin fru. Där har vi ytterligare en bra öppning. Vi fokuserar på två kvarter, där han har sin arbetsplats, han går ofta hem till fots efter arbetet, och där han ibland är på kvällarna, där finns även hans partihögkvarter. Andra baser har haft närvaro i

målområdena sedan länge. De har i flera år bearbetat ter-
rängen, fått anställning på restauranger och biografer etc i
närheten för att samla information om regeringen och
oppositionspolitiker."

Alexej talade.

"Jag fick en idé. Det här är ett förslag. Ni har väl alla
haft Nagant som tjänstevapen, annars kommer ni ihåg den
från skyttelektionerna i grundskolan? Svenskarnas polis och
hemvärn använder Nagant, de kallar den Revolver M/87, men
det är samma grundkonstruktion. Den har en annan kaliber,
7,5 och sex skott i trumman istället för sju. Jag föreslår att vi
använder den. Det väcker misstankar mot svenska polisen,
hemvärnet och armén. Direktoratet kommer bli imponerat om
vi utför uppdraget med denna symbol för Oktoberrevolutionen,
revolvern som hjälpte proletärerna besegra Tsaren."

Alexej tog ett bloss.

"Vi kan bygga egna ljuddämpare till Naganterna,
BraMit-dämparna är ju ganska basic, vi kan bygga bättre
själva. Vi kommer svarva in gängor på piporna så att vi kan
skruva på vilken ljuddämpare som helst. Vi sågar bort kornet
till siktet för att kunna få på ljuddämparna, så det kommer inte
gå att sikta. Det vore bra att få ner ljudvolymen. Vi är i en stad
så det drar ner antalet personer som hör skotten. Skjutning är
dock sista utväg, vi sköter det här snyggt. Vi vill inte orsaka en
internationell skandal. Vi måste göra allt för att det inte ser ut
som att Sovjet ligger bakom."

"På tal om det, vad ska vi göra för att dölja spåren?
Ska vi lägga ut bluff-kulor för att leda in polisen på fel spår?"

"Bra idé. Blir det skottlossning lägger vi ut konstiga
kulor, utan fingeravtryck och så naturligtvis. Ha några kulor i en
plastpåse i en ficka. Kan alltid komma ett tillfälle där man vill
lägga ut ett skenspår."

"Amerikanska kulor?"

"Amerikanska kulor."

"Då kommer vi till utrustning och klädsel. Jag föreslår följande personliga utrustning: Inte tight skjorta, man kan visserligen dölja en pistol och en handgranat men vi vill kunna ha mer än så. Vi behöver ej ha rockar, vi kommer inte använda oss av gevär eller hagelgevär. Så jackor till midjan eller låren går bra. Man kan ha en kavaj under. I kavajen kan man bära kniv, strypsnara, rånarluva och annan utrustning. Sy in sånt som revolverhanen skulle kunna fastna i. Förstärk fickorna. Vi försöker bära vanliga enfärgade mössor. Svarta handskar. Jeans eller grå arbetsbyxor. Inga skrikiga färger. Tänk på att det kommer vara kallt. Vi är hyffsat långt norrut. Vi har inte tid med förkylningar."

Männen satt tysta. Alexej hällde upp vodka åt dem och föreslog en skål.

"Mina vänner. Vårat samhälle är angripet inifrån, från subversiva kapitalistiska makter i ledningen. Ni vet vem jag talar om. Det måste bli ett slut på de där dumheterna med Glasnost. Öppenhet? Man öppnar dörren för fascisterna. Man har beslutat att hindra skadan han åsamkar, man måste stoppa alla möten med fascisternas ledare. Sådana möten ger fel signaler till folket. Vi uppvisar svaghet, och det kommer kapitalisterna utnyttja. Skål för det ärorika Sovjet! Om vi sköter det här snyggt kommer vi vara med i segerparaden på Röda Torget när ordningen är återupprättad även i Moskva."

Катя

Katja var KGB-officeren som ansvarade för gruppens förklädnader. Oleg blev skjutsad till hennes lägenhet i Kärrtorp, en förort söder om Stockholm inte långt från Hökarängen. Hon bodde i ett typiskt svenskt hyreshus med tre våningar. Alexej och Oleg gick uppför trappen och ringde på Katjas lägenhet. Hon öppnade.

"Privjet. Kak dela? Hej, hur mår du?"

"Atlitschna, spasiba. Utmärkt, tack. Jaså, här har vi nykomlingen?"

Hon bjöd in dem. Det luktade ingefära och kryddor i lägenheten. Hon bjöd dem på té.

"Jag lämnar er. Oleg, jag hämtar dig om fem timmar."

"Låter bra."

Katja hade köpt svenska kläder åt Oleg och gav honom en svensk frisyr. Han fick träna i några dagar på att gå på svenskt sätt runt kvarteret och i stan. Har man bott utomlands några år kan man se var personer kommer ifrån bara genom att se hur de går på trottoaren, hur de ställer sig för att titta i ett skyltfönster eller tänder en cigg. Hur man håller en blomma, hur man bläddrar i en dagstidning, vart man tittar, hur snabbt man går. Han skulle inte hinna lära sig prata svenska men han måste kunna se ut som en svensk. Han tränade även in en identitet som polsk författare, då kunde han röra sig fritt och även sitta långa stunder på ett stammis-hak nära målområdet. En kaffe kostade motsvarande en tiondels månadslön för Oleg, men KGB betalade naturligtvis.

"Jag ska ordna ett arbete åt dig. Du måste försörja dig själv. Hyran måste betalas. Du måste äta. Låt se. Din dossier säger att du har svårt för att samarbeta, svårt för att ta order, du är våldsam och har blivit dömd för brott."

"Ja, det kan nog vara så."

"Har du någon erfarenhet av restaurangkök? Du skulle kunna jobba som kock?"

"Hmrbml..." Oleg mumlade något.

"Vad sa du?"

"Vi sprängde ett café i Libanon."

"Ja, det är ju inte riktigt det jag sökte efter. Annars har vi jobb på bygge."

"Det låter helt fantastiskt."

"Du måste tjäna dina egna pengar. Vi är inte i Sovjet. Välkommen till Väst."

De talade om språk.

"Hur är din engelska?"

"Jag talar utmärkt engelska."

"Du måste tala med en öststat-accent."

"Varför?"

"Du ser ut som en ryss. Om du talar engelska utan brytning, som en sorts engelsman, kommer folk fatta misstankar. Det kommer inte passa in med deras förväntningar. De ser en ryss, eller en slav, och förväntar sig omedvetet lite brytning. Om du talar med perfekt engelsk accent rubbar du deras världsbild, och då blir de oroliga. De kanske misstror dig, misstänker dig."

"Om du säger det så. I Russia, I love Swedish country. Spasiba."

"Ja, utan att överdriva. Vi ska öva på din accent. Förresten, jag har någonting åt dig."

Hon gav honom ett paket.

"Paket hemifrån. Någon måste sakna herrn väldigt mycket! Vill du skriva på formuläret här?"

"Spasiba, det måste vara guldtackorna jag beställt." De skrattade.

"Jag har massa guld, vill du gå på café med mig?"

"Då måste du ha mycket guld. Och fylla i ett formulär."

"Ge mig formuläret så kan jag fylla i det."

Samma kväll gav Oleg Gregorij en lång lista med den utrustning han behövde för att tillverka hjälpmedlen, vapnen och gifterna för att utföra uppdraget. Ingredienserna till olika sorters gift hade han fått i paketet. Han hade kunnat köpa dem här i Stockholm i men man ville inte lämna några som helst spår efter denna verksamhet. Oleg ville vara diskret, inte lämna ringar på vattenytan. Operationen skulle utföras smidigt och effektivt, utan extravagans och utan att väcka uppmärksamhet. Professionellt. Oleg hade dessutom fått en liten specialitet från hans läromästare i gifttillverkning. Tetrodotoxin. Mycket giftigt. Ett fugu-gift som japanska samurajer och ninjor tog för att begå självmord. Ingen kommer upptäcka att det kommer från KGB. Inget labb kommer lyckas lista ut vad det är.

18 November. Café

En polsk flykting klev in på caféet. Det luktade ingefära och örter, ur högtalarna strömmade Evert Taubes musik och tjejen i kassan stod med ryggen vänd mot dörren och flyktingen. Det fanns två andra gäster, som läste dagstidningar bakom stora tekoppar. Den polske flyktingen gick fram till kassan för att beställa den billigaste kaffen, där det ingick påtår. En annan gäst gick också fram till kassan för att beställa påtår, en impuls triggad av en sorts mänskligt flockbeteende. Flyktingen verkade nervös.

"Vad får det lov att vara?" frågade kassatjejen.

"Öh... a coffee please."

"With sugar or milk?"

"With... öh... milk."

"Where are you from?"

"From Poland".

Då klev gästen fram.

"Jien dåbre. Godmorgon. I am from Poland too."

"Ehhh. Poland... Ehh, nice..."

"Tack. Alexej, du kan sätta dig." sa Katja. Alexej damp ner i en fåtölj.

"Jag blev helt ställd. Var det en polsk gäst? Haha, där fick ni mig." sa Oleg.

"Jag ville blanda in lite överraskningar i övningen. Det är mycket möjligt att du stöter på en riktig polack när du har din täckmantel. Hur löser du det?"

"Jag ursäktar mig och går på toaletten, sedan lämnar jag platsen."

"Ja, det kan funka. Att bara helt neutralt avbryta konversationen. Man har rätt att gå på toa."

Oleg satte sig i soffan i Katjas vardagsrum.

"Puh, är vi klara?"

"Inte en chans, polacken. Vi kör igen. Samma övning. Du går in på ett café. Verkställ."

"Kommer gästen igen drar jag min pistol och borrar en ny navel i idioten".

"Jaja, såja, det blir bra. Kör nu."

Katja och Alexej tränade Oleg i att använda sin polska täckmantel. Det kunde lätt bli pinsamt och täckmanteln kunde fallera om någon oförutsedd situation skulle uppstå, vilket det alltid gjorde, naturligtvis, så man övade inför det. Oleg kunde ju polska helt flytande, men det gjorde inte automatiskt att polacker trodde att han var från Polen. En agent skulle kunna använda sig av sju täckmantlar, vilka kunde vara roller såsom fyllon, uteliggare, byggjobbare, sjukvårdspersonal, städare och taxichaufförer.

Skuggning

Innan man kunde bekämpa målet behövde man studera dennes vanor. Den vanliga proceduren var att studera målet några månader för att sedan avlägsna sig, kanske resa tillbaka till Moskva någon månad. Sedan komma tillbaka och inte bli igenkänd lika lätt, folk i målets närhet skulle ha glömt bort ens ansikte. Men nu fanns det inte tid. Så man skyndade på projektet. Vilka tider arbetade han? Vilka umgicks han med på arbetsplatsen och på fritiden? När hade han livvakter? Fanns det andra som skuggade honom? Denna sorts uppdrag hade de övat på sedan 10-årsåldern. Sedan hade de utbildats av KGB i fem år, och därtill några års arbetslivserfarenhet ute på fältet. Det gick inte att hitta folk i något lands underrättelsetjänst som var så vassa på denna typ av uppgift. Endast ett tränat CIA-öga skulle eventuellt uppfatta att en turist i Gamla Stan som gick omkring med en turistkarta och ett paraply, då och då under några månader rörde sig till synes sporadiskt, och betedde sig som vilken annan turist som helst, i samma kvarter, men med olika kläder. Samma sak gällde byggjobbaren som passerade varje morgon, eller gatumusikern, eller studenten som var på väg någonstans.

Oleg stod och frös i hörnet på ett torg i Gamla Stan. Det var tidig morgon, folk som bodde i kvarteret kom ut från portarna för att promenera till tunnelbanan. Där kom bilen med livvakter, den parkerade utanför ett apotek, precis som de alltid gjort de senaste åren, och de två männen satt kvar i bilen och väntade tålmodigt. Plötsligt kom statsministern gående, han hoppade in i baksätet på bilen. De tre männen hälsade inte på varandra, de såg sura ut. De verkade inte gilla varandra. Det var värt att notera. Vakterna var fokuserade på omgivningen, och ödslade inte tid på att babbla med personen de vaktade. Professionellt. Oleg tyckte att man behövde mäta hur bra uppmärksamhet de hade. Skapa en oväntad händelse för att se hur de reagerade. En agent kunde utklädd till gatumusiker börja spela högt i en trumpet eller någonting bakom bilen, vakterna skulle bli lite uppmärksamma, och Oleg skulle kunna se deras huvud-rörelser. Vart svepte deras blickar, vilka hot var de vaksamma mot, från vilka håll och vinklar förväntade de sig en attack? Skulle de dra sina vapen? Ta av sig solglasögonen? Alla detaljer användes för att förstå deras beteende och metoder, så att man kunde planera utförandet på ett optimalt sätt och undvika överraskningar. Det här var inte en bulgarisk antisovjetisk journalist i en byhåla, det här var en person som dagligen skapade världsnyheter. Världens ögon skulle riktas mot mordet, det förstod man. Så allt måste vara perfekt. Helst med gift, helst skulle världen tro att målet avlidit av en hjärt-infarkt och inte i en brutal skottlossning.

Kapitel 5. Lejonet

22 November: Arlanda

Ombord på det stora passagerarflyget som anlände till Arlanda från Damaskus satt en man med svart hår. Stora solglasögon, polisonger, smal mustasch och en modern kostym avslöjade att mannen var rik. Internationell. Han hade klass. Han rökte

Marlboro och drack champagne. Planet landade och passagerarna samlades vid bagageutlämningen. Den rike mannen med klass tog sin resväska av ett italienskt märke och begav sig mot utgången för att uppsöka en taxi. Några andra män gjorde likadant. En lång och blond man, kanske en tysk, samt tre män från mellanöstern och en sydamerikan. Fyra taxibilar plockade upp dem allteftersom och körde iväg, mot Stockholm naturligtvis. En 50-årig man med en diskret grå kostym som också anlänt med planet gick till en telefonautomat. Han slog ett nummer.

"*Oui allo? Passez-moi Gerard s'il vous plaît!*" (Ja, hallå, får jag tala med Gerard är ni snäll!)

"*Le Lion vient d'atterrir à Stockholm. Oui. Oui. Non. Il y avait cinq autres avec lui. Passez l'info aux américains et à Interpol. Et à MOSSAD. Merci mon vieux, au revoir.*"

(Lejonet landade just i Stockholm. Ja. Ja. Nej. Det var fem andra tillsammans med honom. Skicka vidare informationen till amerikanerna och Interpol. Och MOSSAD. Tack min vän, hejdå.)

Sedan gick även han mot taxibilarna.

Tonfisk

Tonfisk är ju gott. Protein. Ingen disk. Oleg öppnade en burk tonfisk i vardagsrummet. Alexej blev äcklad.

"Kan du ta ut det i köket?"

"Jag vill äta det här framför teven."

"Det stinker ju! Kan du äta det i köket?"

"Nä jag vill äta det här."

Alexej reste sig från fåtöljen, tog Olegs tonfiskburk och bar in den i köket. Oleg reste sig och tog Alexejs tröja och öppnade balkongdörren. Alexej kom springande. De brottades. Sergej röt till.

"Oleg, gå härifrån. Gå ut på en promenad. Dra bara."

"Han började flytta mina saker."

"Gå ut bara. Spelar ingen roll."

Oleg gick ut och smällde igen dörren. Han var rasande.

23 November: Stureplan

Jason satt på ett café vid Stureplan. Han sippade på en fransk expresso och hade en croissant på en vit servett på ett litet fat framför sig. Ett reglementsenligt glas vatten hörde till en klassisk fransk frukost men det hade de glömt. Ny personal. Men samma gamla gäster. En man i 50-årsåldern med brun rock och brun gubbkeps kom alltid på tisdagar klockan tio och tog sig en croque monsieur och läste Financial Times. Mannen drack nästan alltid expresso double, alltså en dubbel expresso. Ibland drack han dock en vanlig expresso. Jason föredrog amerikanskt kaffe, lika blaskigt som té, men för att ha lite klass hade även han beställt en "double". Expresso var mellantinget mellan en kopp svenskt kaffe och en italiensk espresso, som var mer som en liten klunk asfalt. Medan han drack sitt kaffe tänkte han på upplysningarna han fått av fransmännen. En fransk förbindelseofficer hade ringt Jason på hans kontor på amerikanska ambassaden och informerat honom att Diego the Lion hade anlänt till Sverige, ackom- panjerad av några medkumpaner. Perfekt, Ali Baba och hans 40 rövare är här:

palestinier, tyskar och japaner. Vad gör han här? Med fem män? De har inte kommit hit för att titta på dalahästar. Det luktar attentat. De kan hitta på vad fan som helst. Storma en ambassad. Kidnappa ett judiskt sportteam vid olympiska spelen. Spränga en tunnelbana. De kan ha tagit ett uppdrag av vem som helst. Palestina, Fidel Castro, Saddam Hussein, Syrien, KGB, Iran... vilket betyder att de kan tänkas mörda vem som helst. De krigar mot Israel och även Arafat som de betraktar som en förrädare då han börjat tala om fred med Israel... framstående judiska affärsmän och politiker är måltavlor. Eller snarare var de inte ett hot mot Israel eller civila, de var så fanatiska att de var ett hot mot hela solsystemet! Kunde de spränga solen, då skulle de göra det. Alla som arbetar för en fredsprocess i Mellanöstern är i siktet. Den svenska utrikesministern, vad hette han, Sten Anders- son? Eller statsministern? Hm. Så är det nog. De har kommit till Stockholm, här finns de politiker som leder freds- förhandlingarna mellan palestinierna och Israel. Vi låter det ske, de får fimpa sin kille, och vi lurar på dem och jagar förövarna. Vi håller oss beredda. Deras fredsprocess skadar USA:s utrikespolitiska intressen. Och vårt jobb är att garantera dessa. Vi säger ingenting till svenskarna. Det skulle ju vara bra för min karriär att lyckas fånga eller likvidera Lejonet. Vi kanske skulle ha en prickskytt för att garantera att statsministern inte överlever. Men jag vet ju inte om det verkligen är Palme de är ute efter, och vart de kommer slå till. Prickskyttar är ju det vi brukar föredra, helst två för att vara extra säker på resultatet. Det får bli två man i ett hit-team, jag styr dem via radio och spanar. När Palme inte är på sin arbetsplats är han i hemmet, ett halvt "click" söder om arbetet, på Västerlånggatan. Too crowded, riskabelt att slå till där. Annars är han på Sveavägen, vid sitt partihögkvarter. Svea- vägen 68. Keep it simple. Det kommer Lejonet också komma fram till. Så de kommer slå till där. En skytt, Bom Bom, skott i ansiktet, flyktbil. Point of extraction på Sveavägen eller en sidogata. De kan förväntas kasta handgranater efter förföljare, de kan ha RPG raketgevär. 3-4 man, inte mer, då de brukar ha endast en flyktbil. Så försiktighet är viktigt. Det är deras modus operandi enligt dossiern. Om vi inte plockar dem när de slår till missar vi dem, de är experter på att försvinna.

24 November: Eli och Diego.

Eli reste till Sverige med ett falskt pass. MOSSAD hyrde en identitet och passet av en israelisk medborgare som liknade agenten, på det sättet slapp man förfalska dokument och det var riskfritt för Eli att resa runt i världen.

Lejonet utgjorde en direkt livsfara för alla judar i hela världen. Han måste elimineras. Man hade inte ens tillfrågat statschefen om ett godkännande utan man klassade Diego som ett militärt hot mot oskyldiga civila måltavlor och han skulle bort så fort som möjligt. Franska DGSE hade gett MOSSAD informationen om Lejonets ankomst till Arlanda och man förstod via andra kanaler vem hans mål var. Lejonet hade med sig ett följe som bestod av två palestinier, en kuban, en tysk och en syrian. De flesta var veteraner från inbördeskriget i Libanon och de var alla tränade i terrorismens och gerillakrigarnas alla konster. De kunde verkligen ta sig för vad som helst, ingen plan var för galen eller riskabel. De var hänsynslösa och dödsföraktande. De dödade gärna civila, så många de kunde, deras syfte var att väcka världsopinionen för palestinierna och mot Israel, och som Diego sagt: "Man måste vandra över lik". Det var nu dags att någon vandrade över Diegos lik.

Landet som Eli kom från hade tillhört hans folk i 5000 år. När Islam erövrade området hade hans folk bott där i flera tusen år, sedan bronsåldern. Där låg Davids Stad, eller Jerusalem som det hette idag, och där låg berget Zion. Områdena Judeen och Samarien kallades idag Palestina, vilket var det romerska namnet på den erövrade judiska provinsen. Sedan kom den moderna epoken, den moderna israeliska staten föddes ur kolonialmakters godtyckliga gränsdragningar och medföljande etniska krig. Stalin hade skänkt judarna vapen i förhoppningen att de skulle bli ett nytt anti-amerikanskt kommunistland men då de inte blev det började han stödja Israels fiender såsom Egypten. KGB hade utbildat och finansierat en egyptisk terrorist vid namn Yasser Arafat, som hade som livsmål att förinta den israeliska staten. Denne terrorist hade fått ett internationellt erkännande och blivit diplomatiskt rumsren tack vare en middag tillsammans med det svenske statsministern Olof Palme. Arafat var nära vän med palestiniern Abdallah Assam, som tillsammans med Usama Bin Ladin drev al Qaida som krigade mot Sovjet i Afghanistan. Dessa fick pengar och vapen av Saudiarabien och USA.

Men det var inte därför Eli befann sig i Sverige. Elis yrke var att jaga sovande terroristceller och agenter. Och likvidera dem. Nu var han ute efter Diego, Lejonet. Som hade som livsmål att förinta den judiska nationen. Han skulle fångas död eller levande, eller i ärlighetens namn, helst bara död.

Kapitel 6. Choklad.

Chokladpraliner

Kväll. Oleg satt i köket och pysslade med några chokladaskar. Han hade gummihandskar och satt och studerade en chokladbit på nära håll. Alexej kom in i köket med en tom mattallrik som han lade i diskhon.

"Godis till middag? Du borde kanske tänka lite på vad du äter, Tovarisch."

"Ät den här chokladbiten så tänker du inte så mycket mer."

"Kan jag ta en bit? Vad är det för smak?"

"Pepparmint. 70% kakao, och kakaosmör istället för palmolja. Obs: kan innehålla spår av nötter och stryknin."

"Mmm, min favoritsmak. Fast vid närmare eftertanke tror jag att jag avstår. Nötter innehåller en hel del fett."

"Ja det gäller att vara noga med vad man äter."

"Min kropp är ett tempel."

"Så därför äter du en tallrik makaroner och ett glas vodka till middag."

"Nä, det är frukost. Middagen är en helig stund, så jag lägger till lite sallad. Och ketchup, så man får lite grönsaker."

"Sallad, ja. Det är ju nyttigt."

"Ja, fast det beror på om man menar före eller efter man häller på en flaska med Rhode Island-sås."

När Oleg en timme senare skulle gå och lägga sig började han må illa. Han svettades och var yr i huvudet. Han gick till toaletten och hann bara sätta sig på toalettstolen innan han kräktes våldsamt. Han kräktes fyra stora blaffor i handfatet. Det blev stopp. De andra agenterna kom rusande.

"Är du förgiftad?"

"Ja nje znai-o. Jag vet inte."

Oleg kräktes igen. Det kom upp salladsblad och galla. Han stapplade till sin madrass och lade sig. Han somnade. Alexej lade en handduk under hans huvud. Han tittade på de andra. Hade Oleg förgiftats av sina egna gifter? Skulle man ringa en KGB-läkare?

"Bliat, nu kommer vi bli förgiftade allihopa!" sa Tank.

"Det är så amatörmässigt! Sånt här hände aldrig i GRU. Vafan gör vi nu om alla blir förgiftade och dör?"

"Ja, världen slipper i alla fall ditt gnäll."

Efter några timmar mådde Oleg bättre. Det var nog salladen. Det samlas bakterier på sallad och dessa frodas i rumstemperatur. Matförgiftad av sallad. Ironiskt.

27 November. Krigskassa

"Lönearbetets genomsnittspris är arbetslönens minimum, d.v.s. summan av de livsmedel, som är nödvändiga för att hålla arbetaren som arbetare vid liv. ... Vi vill ingalunda avskaffa detta personliga tillägnande av arbetsprodukten för livets omedelbara reproduktion, ett tillägnande, som icke ger något överskott, vilket kunde ge makt över främmande arbete. Vi vill blott upphäva den eländiga karaktären av detta tillägnande, varunder arbetaren blott lever för att öka kapitalet, blott lever i den mån det passar den härskande klassens intressen." Det kommunistiska partiets manifest. Karl Marx och Friedrich Engels

Alexej satt vid köksbordet och rökte. De andra satt och åt middag framför tv:n i vardagsrummet.

"Vi behöver mer deg. Eller vad säger ni?" frågade Alexej de övriga.

"Behöver alltid mer deg." svarade Vlad.

"Ska ni baka?" Oleg hängde inte riktigt med.

"Money. Det är engelska." sa Alexej retsamt till Oleg.

"Tack, det hade jag aldrig gissat."

"Oleg, jag ska lära dig hur vi fixar stålar. Månadslönen från KGB är ju i princip tre kopek och en örfil. Om man ska vara ärlig. Så vi måste fixa pengar till mat och hyra." Alexej satte sig i tv-soffan bredvid Oleg.

En stund senare satt de i bilarna, på väg till en annan förort.

"Jo, man kan ju inte ha som revir precis där man bor. Då känner ju folk igen en när man går och handlar cigg."

De anlände till en pizzeria, Svea Pizza, belägen i Bagarmossen.

"De här är italienare. De hajjar hur det går till, de har ju sin Cosa Nostra hemma."

De stannade hundra meter från pizzerian efter att ha kört förbi den för att se att allt var lugnt. Det snöade lätt men det var runt noll grader, så snön smälte genast på vägbanan. Få personer vandrade utomhus denna kväll. En tunnelbana anlände och ett trettiotal svarta gestalter skyndade förbi, de kom från jobbet och tänkte väl bara på middagen. Alexej och de andra klev in på pizzerian. De tre italienarna bakom disken såg oroliga ut.

"Buongiorno. Come va?" sa Alexej vänligt.

"Bene."

Alexej ställde sig bredvid disken. Tank ställde sig för, så att inget syntes utifrån. Vlad satt vid dörren och höll uppsikt över gatan. Den äldste av italienarna, förmodligen ägaren, räckte diskret ett kuvert åt Alexej. Alexej stoppade det i innerfickan. Plötsligt kom en svensk man in. Han gick fram till menyn och såg förvirrat på alla bilder och italienska namn, även fast han naturligtvis skulle beställa samma pizza som han alltid åt. Alexej beställde.

"Fem capricciosa, tack. Att ta med." sa Alexej.

"Självklart. Det tar fem minuter."

"Perfekt. Vi väntar här."

Så var middan kirrad. Det var någonting sagolikt, en fantastisk gastronomisk upplevelse, inte bara smaken utan även lukten. Oleg måste erkänna att svenska förortspizzor var något som inte hade sin motsvarighet i Sovjet. Kanske traditionellt grillat fårkött med ris på marknaderna i de östra provinserna, eller en pirog med kalvfärs och honung. Det skulle se ut det, en KGB-officer som hoppade av till väst på grund av pizza.

Kapitel 7. Skymningsläge.

28 November: Ett oanständigt förslag

Regeringen lämnade in ett lagförslag till Riksdagen den 28 november 1985. Den nya lagstiftningen skulle innebära att polismakten inte skulle hjälpa till att försvara Sverige vid ett sovjetiskt anfall, utan bistå de sovjetiska trupperna där de lyckats ockupera land. Svenskar som tog upp vapen och bildade motståndsrörelser skulle spåras och arresteras. Även medlemmar ur Stay Behind, NATOs förberedda motstånds-rörelse i Sverige, skulle alltså arresteras. Statsministern hade hjälpt till att skapa Stay Behind. Han hade kanske listor med medlemmar, koder, vapendepåer, gömställen och planer. Han hade varit med från början. Han kanske visste allt.

Regeringens proposition 1985/86 Om polisens ställning i krig.

På regeringens vägnar - Olof Palme

Utdrag ur protokoll vid regeringssammanträde den 28 november 1985.
Närvarande: statsministern Palme, ordförande, och statsråden I. Carlsson, Lundkvist, Feldt, Sigurdsen, Gustafsson, Leijon, Hjelm-Wallén, Peterson, Andersson, Bodström, Göransson, Gradin, Dahl, R. Carlsson, Holmberg, Hellström, Wickbom, Johansson, Hulterström, Lindqvist
Föredragande: statsrådet Wickbom

Propositionens huvudsakliga innehåll

I propositionen föreslås att polisen i fortsättningen skall ha samma uppgifter i krig som i fred och att den i princip inte skall kunna tas i anspråk för militära uppgifter. Ett undantag föreslås dock för kuppförsvaret. Förslaget innebär att den nuvarande lagstiftningen om polisens ställning under krig upphävs och att vissa ändringar görs i polislagen (1984:387) och brottsbalken. Den nya lagstiftningen föreslås träda i kraft den 1 juli 1986.

...

Den polisiära verksamheten ses nu i mera utpräglad grad än förut som ett led i samhällets insatser för att skapa social trygghet och samhällsgemenskap för medborgarna. Det ter sig inte längre naturligt att polisen tas i anspråk för militära uppgifter.

...

Utredningen förordar därför att den nuvarande bestämmelsen om att polisman även utan order bör ingripa mot mindre grupper av fientliga soldater upphävs. Mot förklädda eller ouniformerade sabotörer eller spioner — vilka saknar ställning som legitim stridande personal och kan ställas till ansvar enligt svensk lag - skall dock polisen enligt utredningen givetvis ingripa även i fortsättningen.

—

Polisens uppgifter sedan mobilisering har skett

—

Mitt förslag: Polisen skall sedan mobilisering skett inte ha några militära uppgifter. Den skall fullgöra enbart polisiär verksamhet och ha civil status.

—

Polisens uppgifter inom område som har besatts av fienden

—

Lämnar den svenska polisen sin verksamhet, måste man räkna med att ockupationsmakten upprättar egna polisorgan, detta kan innebära svåra påfrestningar för befolkningen. Slutligen är det en fördel för allmänheten om samhällets normala funktioner kan tas upp så snart som möjligt efter det att krigstillståndet har upphört. Det finns emellertid även skäl som talar mot att polisen fortsätter sin verksamhet under ockupation, i främsta rummet kommer risken för att polispersonalen till följd av hot i olika former tvingas gå ockupationsmakten tillhanda liksom att polisorganen infiltreras av fienden. Även på andra sätt kan en sådan ordning i vissa lägen befaras underlätta fiendens verksamhet.

Inställningen från ockupationsmakten liksom formen för ockupationen har här stor betydelse. Allmänt sett finner emellertid utredningen att de skäl som talar för att polisen skall fortsätta sin verksamhet överväger i styrka.

Lagförslagets varma mottagande från Försvarsmaktens, Hemvärnets och Polismyndighetens sida uteblev. Var detta inte högförräderi? Begick den svenska socialdemokratiska regeringen landsförräderi? Den svenska lagen sade:

19 kapitlet 1 § brottsbalken:
Den som, med uppsåt att riket eller del därav skall, med våldsamma eller eljest lagstridiga medel eller med utländskt bistånd, läggas under främmande makt eller bringas i be-roende av sådan makt eller att del av riket skall sålunda lösryckas, företager handling som innebär fara för uppsåtets förverkligande, dömes för högförräderi till fängelse i tio år eller på livstid eller, om faran var ringa, i lägst fyra och högst tio år.
När tyskarna ockuperat Frankrike 1940 flyttade Charles de Gaulle till England, och sade i radio: "*Vad som än händer får*

franska motståndets låga aldrig slockna", och han byggde genast upp en fransk armé som skulle deltaga i återerövrandet av Frankrike. Frankrike, både den av tyskarna ockuperade norra halvan samt den södra delen som styrdes av Vichy-regimen på papret i några månader, blev snabbt förvandlat till en tysk provins där Nazityskland styrde. Där utrotade man motståndsmän, intellektuella och judar. Var det alltså något liknande som den svenske statsministern eftersträvade? De som kollaborerat med tyskarna, inte minst de franska poliser som bistått dem, blev ju definitivt betraktade som lands-förrädare av fransmännen och av omvärlden.

Det fanns ungefär 15,000 poliser i Sverige. Det var garanterat ingen av dem som hade lust att arbeta för KGB och gå runt och göra husrannsakan efter svenska motståndsmän.

12 December: Förebudet

Anders Carlsson var löjtnant i Hemvärnet. Han övade på helgerna med sitt infanterikompani nära Jakobsberg, strax norr om Stockholm. Han arbetade som elektriker och tyckte att hemvärnet var ett sätt att hjälpa till att bevara det land och det trygga samhälle han växt upp i. Han ansåg att ett samhälle bara kan existera och åtnjuta fred om det finns krigare beredda att försvara det. Tyvärr styrdes landet av den där socialisten Olof Palme. Han hade värderingar som var främ- mande för det svenska folket, tyckte Anders. Sverige var bra som det var, men skulle vi eller snarare Olof Palme kuska runt i världen och säga åt andra människor vad de skulle tycka var rätt och fel?

Vad visste han som ingen annan visste? Han predikade att "ett folk skulle ha rätt till sitt eget land" men detta gällde uppenbarligen inte det svenska folket. Vietnameser skulle ha ett eget land, kubaner skulle ha det, kurder, pale- stinier, men vi svenskar, vi skulle inte ha ett eget land. Vem skulle försvara oss om ryssen kom? Vart skulle vi fly? Nä, ryssen skulle få smaka om de vågade dyka upp. Civilförsvaret, Armén, Hemvärnet, polisen, alla skulle hjälpas åt att kasta tillbaka ryssarna över plurret om de hade fräckheten att försöka invadera landet. NATO skulle inte skicka en kotte för att hjälpa Sverige, svenskarna skulle få stå emot själva. Anders oroade sig, brydde sig, tränade och var beredd, så att hans barn skulle kunna slippa det. De kunde leva i fred och frihet. Det var han skyldig dem. Men den där Palme, han struntade i ubåtskränkningar i skärgården, han fjäskade för Sovjet, han var kommunist och stöttade alla revolutionärer i hela världen bara de bar en röd flagga och ville rasera sina egna samhällen.

Så en dag kom en proposition från regeringen, ett lagförslag om polisens roll i krigstid. Den var så overklig, det var så att man trillade av stolen.

Frihamnen

Eva satt i hamnens kontrollrum. Hon och fem kollegor delade arbetsplats, de skötte logistiken med kranar, containrar och varor som skulle lastas av fartyg. Från kontrollrummet såg de ut över hela hamnen. Tre polska fraktfartyg anlände. De verkade inte ha registrerat sin ankomsttid.

"Ove, har du ankomsttid på de här tre? Polen."

"Jag ska kolla upp det." Ove sökte i registret.

"Nä du, jag ska slå en pling till Frasse. Han måste ha glömt att skriva ner det."

Två män i blåställ med varsin verktygslåda hade kommit upp för trappan till plattformen utanför dörren till kontrollrummet. De såg allvarliga ut. De tittade in genom fönstret bredvid dörren.

"Nä Eva, Frasse har inte fått nåt från dom. Jag ska kolla med en annan polsk båt, kanske nåt byråkratiskt krångel." De två männen utanför öppnade sina verktygslådor och knackade på dörren.

FRA, Försvarets Radioanstalt

Inne i FRA Ungdomsverksamhets lokaler på regementet i... på något regemente, satt unga fröken Björklund och lyssnade i ett par hörlurar kopplade till en radioapparat. Hon hade deltagit i en tävling i chiffer tillsammans med sina kamrater och hon hade vunnit. Hon rättade till uniformsskjortan och koncentrerade sig. Hon lyssnade av olika frekvenser. Plötsligt hörde hon någonting. Så försvann det. Där var det igen! En kvinnlig röst läste upp ryska siffror. Det var en rad av många ryska siffror.

"Fänrik! Du måste komma och lyssna på det här!"

"Jaha. Visst."

"Alltså det är ju på ryska!"

"Öh, ja. Kapten!" En kapten kom och lyssnade i hörlurarna.

"Satan, du. Jävlar. Ring översten åt mig, Sjögren, du ringer FRA. Andersson spelar in. Spela in är du snäll."
"Har spelat in hela tiden."

Viktigt meddelande till allmänheten

Anders var på jobbet. Han och hans kollega Owe utförde en reparation i elsystemet i taket i en korridor på Karolinska sjukhuset. Man lyssnade på radion, det spelades musik. De hade inte så hög volym för att inte störa sjukhusets personal. Plötsligt avbröts musiken. Anders reagerade inte till en början.

"Vi avbryter sändningen med ett viktigt meddelande till allmänheten. Detta är ett viktigt meddelande till allmänheten." Nyhetsuppläsaren svalde.

"Det... regeringen och överbefälhavaren har beslutat att signalera allmän mobilisering av samtliga delar ur försvaret och civilförsvaret. Detta är inte en övning. Militär personal ombedes inställa sig vid angivna upphämtningsplatser utan dröjsmål. Sverige befinner sig i krig, och regeringen har alltså beslutat att mobilisera. Varje meddelande om att mobili-seringen och motståndet ska avbrytas är falskt."
Anders tittade på kollegan.

"Va i helvete?" var allt han kunde kläcka ur sig. Ett larm började tjuta. Det var Hesa Fredrik, det rikstäckande systemet av högtalare som signalerade fara för allmänheten.

"Allmänheten uppmanas lämna storstäder och rege-ments-orter. Det... Man har rapporterat om... Det ska ha använts ett dussintal kärnvapen mot... mot mål i Sverige. Allmänheten uppmanas lämna Stockholmsregionen, Göte-borg, Boden och... Skåne."

Det hade hänt. Det som alla väntat på. En helt vanlig tisdag hade grönklädda tungt beväpnade män tagit över Arlanda och Skavsta flygfält. Sovjetiska stridsvagnar rullade runt i Frihamnen och i Göteborg. Marininfanteri hade landstigit längs den skånska kusten. Ett anfall hade skett genom Norrland. Gotland var under anfall, en gotlandsfärja hade sänkts av en ubåt. Ingen kunde ta sig till eller från ön. Färjan Estonia som gick mellan Estland och Sverige hade även den sänkts av en rysk ubåt. Ett tjugotal små kärnvapendetonationer hade rapporterats vid flygfält och militärbaser. Elnätet och telefonförbindelser i hela Sverige hade saboterats. Broar var sprängda. Man hade kallat till allmän mobilisering. Man hade inte tagit det stegvis i tre nivåer och passerade läget Givakt utan det var full allmän mobilisering. Sovjet hade öppnat balen genom att anfalla Västtyskland och 28,000 sovjetiska stridsvagnar rullade västerut. Alla europeiska länder mobiliserade för fullt.

Allt det här hade Anders övat. Förutsättningen, eller scenariot, är alltid att Stormakt Röd (Warszawapakten) och Stormakt Gul (NATO) utför sabotage mot varandra, båda inleder storskaliga militärövningar, strider inleds med luft- och sjöstridskrafter. I Sverige utförs sabotage mot försvarsanläggningar, piloter och höga befäl mördas i sina hem, en död grodman upptäcks vid Muskö. Fientliga sabotageförband runt Södertälje. Försvarsområdena Fo44 och Fo47 rapporterar inbrott, strider och sabotage. En mekaniserad brigad utrustad med amfibiegående stridsvagnar och bandvagnar luftlandsätts med helikopter på Uppsalaslätten och börjar plöja sin väg mot Stockholm, över åkrar, över åar. Att ryssarna aldrig lärde sig, varje övning anföll de på samma sätt, tänkte Anders. Men de brukade inte använda kärnvapen i övningarna.

Anders begav sig hem och hämtade sina tjänstevapen och sin militära utrustning. Ammunition och slagstift fanns central-förvarat i kassaskåpen i ett hemligt hemvärnsförråd. Fast hur hemligt var det egentligen? Hade inte Wennerström och de där gett all information till ryssen? Han kastade sig i bilen och körde ut mot Jakobsberg för att sluta upp med sin hem-värnspluton. Han lämnade stora vägen och tog av på en liten grusväg som ledde förbi ett häststall och en scoutstuga. Några scoutungdomar satt och eldade i sina stormkök. Hade de inte hört på nyheterna? Plötsligt hörde han skott från en automat-karbin AK-4.

-Bam! Bam!-

Det var hans tjänstevapen så han kände igen ljudet. Helvete, skjuts det här? Han hörde smällar från en sovjetisk automat-karbin AK-47, han hade provskjutit en så han kände igen även det ljudet. Han såg två bilar komma emot honom på grusvägen i full fart. De körde onaturligt snabbt. Anders sväng- de av till vägkanten och klev ur bilen. Han lade sig i diket med bilen mellan sig och vägen då de två bilarna körde förbi. En salva från en automatkarbin träffade hans bil och rutorna splittrades. Bilarna körde vidare. Anders hade inte blivit träffad, men för honom hade kriget börjat. Han gick vidare med sin ryggsäck och utrustning och mötte resten av sin pluton.

"Bra Anders att du är oskadd. Det var några ryssar som besköt oss, de ville störa mobiliseringen. Från och med nu är det allvar. De kan dyka upp civilklädda i civila bilar och bränna av en salva. Lita inte på en enda jävla idiot. Stanna alla som kommer nära och be dem lägga sig på mage på marken med utsträckta armar, precis som på skyddsvaktsutbildningen. Kila och hämta upp ammunition och slagstiftet och mat och allt det där, se över utrustningen. Ordergenomgång klockan 16, alltså om… låt se, om 22 minuter. Okej? Skönt att se dig!"

Anders gick igenom sin utrustning. En rem på ryggsäcken var lite trasig.

"Min ryggsäck var väl med vid slaget vid Lützen."

"Det var väl du med, gubbjävel." En polare skrattade åt Anders.

"Bengan, jaha då är vi fulltaliga."

"Taliga, men inte så fulla, är jag rädd."

Tryckförbandet i vänster benficka var lite slitet, han fick ett nytt. Han fick två laddade magasin om 20 kulor, sånt hade de i beredskap. Sedan fick han en plåtlåda med ammunition och lösa kulor som han fick mata in i sina fyra magasin. Björkman, gruppchefen, kom fram till honom.

"Anders, tar du en stridsvagnsmina eller ett pansarskott? Och hjälper du till att ladda patroner i kulsprutornas band?"

Anders satte sig bredvid polaren Conny och började pilla in kulor i kulsprutebanden.

"Shitt asså. Fy fan." sa Anders. Han mådde nästan illa. Det var en ruggig situation.

"Nu ger vi dom jävlarna för Poltava." svarade Conny, fast hans blick avslöjade att han var nervös.

Eldöverfall

Anders skyttegrupp skulle delta i ett eldöverfall mot de sovjetiska mekaniserade förbandens spaningstrupper. Man befann sig nära Stäketbron, vid Ryssgraven. Enligt legenden en massgrav av ryska soldater som besegrats under rysshärjningarna vid 1720. Det var inte första gången de var här och rotade. Man hade grävt flera skyttevärn dels på en höjd som löpte längs med en grusväg, dels 100 meter bort, inne i skogen. Man hade ytterligare värn ännu längre bort. Soldaterna i bakhållet var placerade som ett L, så att man kunde beskjuta fienden med korseld. Det var den effektivaste formen av bakhåll. För detta bakhåll hade man grävt ner några stridsvagnsminor och samtidigt grävt flera tomma gropar och täckt delar av vägen av granris. Det skulle inte gå att se hur många minor som där låg. Man skulle kunna ge eld mot fiendens fordon och sedan dra sig tillbaka till olika skyddsställningar. De låg och väntade. Ingenting fick sticka upp över kanten på skyttevärnen, annars skulle sovjeterna kunna se dem med infraröda kikare. De kunde ha täckt över sig med aluminiumfiltar bakom maskeringsnät och granris men så långt hade de inte hunnit.

De väntade i flera timmar. Enstaka detonationer hördes på håll. Jaktflygplan for ibland tvärs över himlen. Inte svenska naturligtvis.

"Bertil David Kom"

"Bertil David Uppfattat Slut" Radiooperatören tittade mot Anders.

"Nu kommer'om!"

"Släpp ingen djävul över bron." Anders citerade Sven Dufva i Fänrik Ståls sägner.

Anders puls ökade. Hjärtat bultade. Automatkarbinen var kall och tung. Fokus nu, Anders. Det är här och nu. Ammunitionen var i ordning. Pansarskottet låg redo bredvid honom. Det tog tre sekunder att osäkra säkringarna och ge eld även om man hade vapnet på ryggen, man kastade det under armen så att det hamnade i skjutposition. Några sekunder extra om vapnet låg på marken. Han skulle helst sikta på sidan av en bandvagn. Inte följa med siktet utan sikta en bit framför och låta målet åka in i siktet. Raketen tog två tre sekunder på sig att träffa så han måste sikta lite framför målet. I värsta fall skulle han skjuta på en lätt stridsvagn, men på en sådan skulle den nog inte penetrera pansaret. När de hade öppnat eld några sekunder skulle de lägga benen på ryggen och dra sig tillbaka så snabbt de kunde. Längre bak låg andra beredda att ge eld.

"Hör du?" Björkman tittade på Anders.

"Nä. Vad hör du?"

"Jag hörde nåt ljud."

"Vad för ljud?"

"Inte fan vet jag. Ett ryskt ljud."

Plötsligt kom tre stridsvagnar farande längs vägen i full karriär. Inga bandvagnar eller lastbilar. Det var klart obra.

"Vafan ska vi öppna eld eller? Det är ju stridsvagnar, T-72. Vi rår inte på dom".

Stridsvagnarna dundrade förbi mineringarna och låtsasmineringarna. De sket fullkomligt i dem. När de var i jämnhöjd med svenskarna tvärnitade de, svängde tornen åt vänster mot eldställningarna och började skjuta. De sköt med kanoner och kulsprutor. De avfyrade rökgranater som började skapa en rökridå.

"Eld!"

De svenska hemvärnsmännen avfyrade sina pansarskott och en kulspruta började slunga iväg kulor mot stridsvagnarna. Det var hopplöst, de hade inga vapen som kunde rå på stridsvagnar. De kunde skrämmas och få fienden att tveka och avbryta sin framryckning för en stund, men inte mer än så.

"Eld upphör! Tillbakaryckning! Öka för helvetteee!!!!"

Hemvärnsmännen sprang för allt vad tygen höll. De sprang över stenar och genom buskar.

-BOUM!-

Granater började hagla. Hemvärnstruppen drog sig tillbaka, man kunde inte uträtta mer här och nu. Bättre att leva och strida igen en annan dag. De hade inte lidit förluster, någon hade vrickat en fot. Men kriget var över för deras del. Det gick sådär. Några tog sin packning och drog sig mot icke-erövrade områden för att sluta upp med andra förband som tänkte kriga vidare. Andra hade familjer och barn hemma. De kunde inte gärna bara lämna allt. Eller skulle de det?

Samma kväll sändes ett meddelande ut på alla TV-kanaler.

"Regeringen, statsministern Olof Palme och Över-befälhavaren har beslutat att signalera eld upphör. Försvars-makten och civilförsvaret övergår till civil aktivitet. Lägg ner vapnen. Kriget är över. Statsministern Olof Palme uppmanar folk att bibehålla sans och vett. Det viktigaste för var och en, allas vår uppgift är att garantera den sociala tryggheten. Ingen ska vara otrygg och ingen ska gå hungrig trots att mataffären är stängd. Medborgare, medmänniskor, genom att uppvisa ett respektfullt uppträdande och en ärlig tillit, kommer ockupant-erna svara med varm hand och solidaritet inför folkets oro och umbäranden. Låt oss visa dem att vi alla är inställda på sam-arbete och att vi alla är människor som önskar fred."

Men ingen lade ner vapnen. Regeringen och ÖB kunde dra åt helvete. Alla visste att kriget var över när ingen rysk soldat befann sig på svensk mark. En slogan spreds bland mot-ståndsmän och soldater: "En fri Nord, för Blod och Jord". Sovjet hade erövrat en landremsa tvärs genom landet precis som förväntat. Man ockuperade Stockholm och Göteborg och landområdena däremellan. De svenska enheterna fortsatte kriget men man hade inte förmåga att genomföra motanfall och ta tillbaka erövrade landområden. Inte ännu i alla fall. Kanske aldrig. Vem visste?

Bakhåll

Fyra svenska män i tjugofemårsåldern spelade kort på en bar i Stockholm. In kom fyra svenska poliser.

"Mot väggen! Öka! Upp med händerna, sätt händerna mot väggen!"

Poliserna muddrade ungdomarna. De hittade ingenting. De gick ut lika plötsligt som de kom. Bartendern tittade på de fyra männen. Då kom en ung kvinna in genom dörren. Hon gick fram till de fyra männen och gav dem några revolvrar och pistoler som legat inlindade i en vinröd duk. De fyra männen lämnade baren.

De fyra poliserna befann sig på ett café där de spanade efter potentiella motståndsmän. De fyra unga männen kom in, poliserna kände igen dem och började dra sina pistoler men de fyra männen öppnade eld och tömde magasinen och trummorna.
    -Pang! Pang! Pang! Pang!- De gick ut från caféet. En bil kom körande utanför och stannade in utanför caféet. Männen hoppade in i bilen som körde iväg.

Någon timme senare var platsen fylld med poliser och sovjetiska soldater. Man släpade ut svenska civila ur lägenheter och butiker, män kvinnor och barn. Alla män samlades ihop och trycktes upp på ett lastbilsflak.

Det var alltså detta som Olof Palme och Regeringen eftersträvade med sin proposition 28 november 1985? Svenskar som krigar mot svenskar? Skulle svenskar kasta andra svenskar i kommunistiska koncentrationsläger i Norrland?

Kapitel 8. Spetsnaz.

5 Januari 1986: Kupp i Kabul

Igor reste till Sverige med tre kamrater. De var hans under-ordnade men de var alla officerare och verkliga blodsbröder. De hade ingen mänsklig like, de var världens mest vältränade mördarmaskiner. De hade tränat på specialoperationer och hybridkrigföring i tjugofem år. Han mindes Afghanistan. De hade deltagit i Operation Storm 333, där man intog presidentpalatset i Kabul 1979. Spetsnaz-soldaterna hade varit förklädda till afghanska soldater, med afghanska uniformer utan nationalitetsbeteckningar eller gradbeteck-ningar. Ordern var att likvidera alla som befann sig i palatset: statschefer, soldater, kvinnor och barn. Allt som andades skulle sluta andas. Sovjet hade flera muslimska minoriteter så man visste att det var bäst att anfalla ett muslimskt land med muslimska soldater. För att inta presidentpalatset i Kabul använde KGB sina Alfa-förband och man lånade in några hundra fallskärmsjägare ur GRU:s "muslimska bataljon". I likhet med Hitlers Waffen-SS som skapat muslimska divisioner vars soldater var kroater, bosnier, albaner, tatarer och turkmener, med uppgiften att jaga serbiska och kommunistiska motståndsrörelser, skapade Sovjet muslimska divisioner bas-erade på olika etniska minoriteter. Sovjet hade trots det ändå problem med att ockupera Afghanistan då Sovjet inte var muslimskt. Igor tänkte att USA gärna fick försöka ockupera Afghanistan eller något annat muslimskt land, hela befolkningen skulle liksom stöta ifrån sig alla som inte var muslimer. Inte ens USA skulle kunna invadera och hålla Afghanistan. Det skulle ständigt finnas några som kastade en handgranat eller sköt med ett raketgevär.

7 Januari: Eavesdropping

Nu skulle agenterna använda sina skarpaste spionkunskaper. Gruppen hade beslutat att plantera en dold mikrofon och sändare i en telefon. Mikrofonen kopplades in på ledningen och var placerad inuti telefonskalet, och den var kopplad till en sändare som aktiverades när någon talade. Den kunde sända 200 meter och man skulle behöva ha en lyssnare med en mottagare i närheten, tex i en skåpbil. Det rörde sig om målets son, som hade en lägenhet i Haninge i utkanten av Stockholm. Man använde tre bilar. Det var bäst att åka dit och anlända till kvarteret på ett lite improviserat sätt, än att åka dit och reka innan, då det garanterat skulle uppfattas av någon som rekande inbrottstjuvar. Vilket det ju faktiskt var frågan om. De skulle göra ett intjack, som de kriminella i det här landet kallade det. Sergej arbetade som taxichaufför, nu kom det väl till pass. Man reste dit efter att noga ha studerat kartor och bestämt anropskoder, kodord och reservplaner. Man skulle naturligtvis försöka hyra någon av grannlägenheterna, men i väntan på att det skedde fick man göra på det svåra sättet. Ta sig in och placera en mikrofon.

Det var morgon, fortfarande mörkt och alldeles iskallt ute. Man placerade ut en spanare i en bil och en spanare i änden av gatan. Bilarna cirkulerade en bra bit bort tills man fick anrop från spejaren som bekräftade att personen begett sig till sitt arbete. Man parkerade bilarna något kvarter från porten.

Alexej och Oleg var klädda som snickare, man hade verktygslådor och arbetskläder med vita färgfläckar. De gick lugnt fram till porten och gick in. Våningen låg på tredje planet. Alexej tog fram dyrkar och dyrkade skickligt upp dörren utan att göra mycket ljud. De klev in och stängde varsamt om sig.

Alexej visade Oleg var man kunde placera ut mikrofonerna. De började med att placera en mikrofon inuti telefonen.

"Jaha, någon har varit och pillat i syltburken före oss", sa Alexej. Han höll upp en liten mikrofon och sändare.

"Men.. det står med ryska bokstäver på den. Vi har ju inte satt dit den. Måste vara jänkarna, för att ge oss skulden om någon hittar den."

Ett radioanrop.

"Någon är på väg, kom."

"Uppfattat. Ska vi avbryta, kom?"

"Vänta, kom." En person som kanske var lägenhetens ägare var på väg. Alla väntade spänt. Någon öppnade entrédörren till trapphuset och började gå upp för trapporna. Stegen gick förbi lägenheten och fortsatte uppåt. En tiger kom in i vardagsrummet. "Nej!" Oleg hade hallucinationer. "Nej, det finns inga tigrar här! Vakna!" tänkte han.

"Det var inte han, fortsätt, kom." sa Alexej.

"Vi fortsätter, kom."

Alexej placerade dit deras egna mikrofon, sändare och batteri, som det stod Texas Instruments på. De städade efter sig, kollade golv, mattor och smuts från skorna. Sedan lämnade de bostaden och gick ner till bilarna. När de satt i bilen på väg hem till basen sa Alexej:

"Med alla vargar som vill åt hans skinn, skulle det behövas fem statsministrar."

Oleg förstod inte riktigt vad han menade men han anade. Och det var nog bäst att inte berätta om tigern.

7 Januari. Konferens för europeiska terrororganisationer.

Alexej fick en rapport från Direktoratet, angående ett internationellt möte i Europa mellan de olika europeiska terrororganisationerna. Det ingick i arbetet med att informera gruppen i en omvärldsanalys. Saker som skedde i resten av världen kunde påverka förutsättningarna för uppdraget. I princip alla europeiska socialistiska motståndsrörelser var utbildade och finansierade av KGB och STASI, och den 7 januari hade STASI organiserat ett europeiskt konvent för de olika organisationerna. Man hade föredrag om politik, och vapenleveranser och om samordning. En organisation som var frånvarande för första gången var IRA. IRA hade visat sig vara motvilliga att dela med sig av vapen. Det gick prat om att de fick vapen av den amerikanska civila organisationen Noraid, kontrollerad av CIA. Khadaffis Libyen hade skickat flera skeppslaster med tunga vapen, kanoner, sprängämnen, automatkarbiner och bomber, allt rysktillverkat. Men nu började man använda mer och mer M-16 från USA. Motståndsrörelser och gerillor var oftast etno-nationalister och de var främst fokuserade på sitt blod och sin jord. Den socialistiska internationalen hamnade inte mitt i fokus. I alla fall inte just nu, enligt irländarna.

8 Januari: Hammarbyhamnens industriområde.

Klockan var 23:14. Hela gruppen satt i en svart Citroën DS med tonade rutor. Alexejs ögonsten. Den var visserligen ganska låg men den hade klass. Bakdörrarna öppnades bakåt precis som på en droska. DS var en ordlek på franska, det uttalades som "déesse" vilket betyder "gudinna", ett passande namn på en sådan sublim skönhet. Från noll till 80 knyck på sju minuter. Vlad var chaufför. En bytesaffär skulle ske i hammarbyhamnens industriområde och man skulle övervaka att allt gick rätt till. Det var iskallt. Men, de var ju ryssar. Ryssar fryser inte.

En lastbil åkte in i ett lagerhus. Vlad körde fram agenternas bil. De klev ur bilen. Det fanns flera kraftigt byggda män på platsen, alla såg ut som mördare. Olika maffiagäng. Kurder från Georgien, Ryssar, Serber.

Män från olika grupper gick fram och diskuterade. De diskuterade flera minuter. Plötsligt drog en av männen fram en kniv. En muskulös typ i svart skinnjacka drog fram en pistol och sköt i luften. Det blev allmänt slagsmål och eldstrid, folk sköt i luften och drog sig i skydd. Alexej gick fram till mitten av industrilokalen.
   "Jag undrar, Tovarischi, är det något problem?"
Flera män gick försiktigt fram till mitten av lokalen. Affärer gjordes upp, leveranser lovades, och ordning rådde. Man skakade hand och drack vodka. Cigarretter, handgranater och knark från Sovjet byttes mot stulna bilar från Sverige.

Gruppen åkte tillbaka till Röda Torget.

Oleg tänkte att de där gangstrarna var rävar och vargar, de kunde slita folk i stycken, men vi var den ryska björnen. Man fick en kick av den totala makten. Vi var osårbara.

8 Januari 1986. Säpo, ryssroteln.

Sture, chefen för "ryssroteln", satt vid sitt skrivbord och ögnade igenom en rapport. Kontoret låg i Säkerhetspolisens lokaler i en polisbyggnad i Stockholms västra innerstad. Byggnaden kallades Kåken då den liknade ett fängelse. Det knackade på dörren, och kollegan Hjalmar kom in.

"Har lite info. Fick ett tips från "knarket" i söderort. En hälare har surrat med en informatör i vårt nätverk om att en rysk maffiagrupp börjat bete sig skumt. Och nu snackar vi KGB, va."

"Naturligtvis."

"De har börjat bli jävligt brutala. Folk i miljön blir skärrade. Ingen vågar deala med dem längre. De här ryssarna har plötsligt slutat plocka upp beskyddarpengar från sina bordeller och pizzerior. De pysslar med någonting annat. Nånting är på G."

"Så. De har inte tid att plocka upp beskyddarstålar. Har de här ryssarna fått ett mer precist uppdrag än att bara vara kriminella? Kan vi se ringar på vattenytan här?"

"Ja, ser du, jag tänkte instinktivt att de planerar någonting."

Sture reste sig från kontorsstolen och ställde sig framför en stor europakarta på väggen.

"Väntar de en stor vapenleverans från Sovjet? Knarkleverans? Ska de utföra ett rån? Ett mord? Ska de utföra sabotage? Krigsförberedelser? Vad har de i kikaren?"

"Ska vi höra med Karl?"

"Ja, chefen kan vilja höra mer om detta. Vem vet, kanske handlar om rikets säkerhet."

Kapitel 9. Rikets säkerhet.

Hemlig promemoria

1976 hade rikspolischefen lämnat en hemlig promemoria till statsminister Olof Palme. Promemorian varnade statsministern för risken att hemlig information från regeringen läckte ut till främmande makt. "Främmande makt" var en poetisk omskrivning för "KGB". Jo, det var så att högt uppsatta personer bland annat i regeringen eventuellt kunde associeras med sexköp, på vissa bordeller i Stockholm, vilket i sig inte var olagligt och det fanns hur som helst inga vittnen ännu, eller bevis. Rikspolischefen skrev att om någonting dylikt någon gång ändå skulle inträffa skulle det hypotetiskt kunna finnas en potentiell risk för rikets säkerhet. Fast vad han menade var: "säg åt dina gubbar att sluta träffa prostituerade på bordeller, för några av dom är KGB-agenter. Om dina gubbar blir tagna på foto kan de utpressas att spionera för KGB. Det kan sätta rikets säkerhet i fara. Så vänligen sluta omedelbart." "Rikets säkerhet" var ibland en poetisk omskrivning för "Gotland".

Promemorian var så pass hemlig att det tog många långa veckor innan det nådde pressen. Olof Palme dementerade först att promemorian existerade, sedan hävdade han att den innehöll felaktiga uppgifter. Han talade inför riksdagen med sin ödesmättade, långsamma hypnotiserande röst:

"Det är bara illvilliga rykten. Då ska man inte av någon slags feghet och rädsla sätta igång med stora utredningar på medborgarkommissionen. Snus är snus och strunt är strunt, om än i polisiära promemorier. Det är den enkla sanningen."

Fast det var ju inte den enkla sanningen. En sådan blålögn från statsministerns sida, inför TV-kamerorna och det svenska folket, antyder att det hela var mycket, mycket komplicerat och problematiskt. Stockholms polischef Hans Holmér dementerade promemorians uppgifter och lade locket på. Ingenting hade hänt, det fanns ingenting att se, cirkulera! Återgå till era vardagsbekymmer. Allt detta utspelade sig hur som helst för tio år sedan. Det var överspelat, ett kapitel för sig.

Kapitel 9. Tank, ett kapitel för sig.

танк

Oleg fick berättat för sig varför Tank alltid var så jävla grinig. Tank kom från Moskva, liksom Alexej. Han hade mer eller mindre blivit tvingad av sin far att träna boxning och brottning, jujutsu och karate. Han blev en stor och kraftig ung man. Därav hans smeknamn. I Vietnam blev han kallad "le gorille allemand", "den tyska gorillan". Inte för att han var speciellt tysk över huvud taget men det passade honom lite. Han blev tidigt rekryterad som agent till GRU. Han hade gift sig och fått tre barn. Sedan hade han börjat ta utlandsuppdrag, och en dag fick han ett brev där hans fru berättade att hon lämnade honom för en statlig tjänsteman. Han hade fallit i depression, lämnat GRU, tagit ströjobb vid de kaukasiska oljefälten. Han hade hamnat i bråk och slagit ihjäl fyra arbetare med sina bara händer. KGB informerades och han blev rekyterad som muskel-agent, alltså en agent med ett rejält inbyggt våldskapital i sina armar, och ingick i ett attentatsteam utanför Sovjet. Han hade tjänstgjort i Stockholm i några år och nu längtade han hem. Men det tragiska var att det liksom inte fanns något hem att längta hem till. Han hade lämnat in en förfrågan om omplacering och att bli tilldelad ett hus och en kontorstjänst någonstans i Sovjet, då han inte längre stod ut med utlandet. Han hoppades att om detta uppdrag blev framgångsrikt skulle hans förfrågan bli hörd. Han hade blivit en bitter gnällspik som bara väntade på att nästa katastrof skulle drabba honom. Han var bitter, han injagade skräck i folk. Alexej var bra på att samla in beskyddarstålar, men Tank kunde få en sten att hosta fram kosing. De andra i gruppen hade överseende med hans gnäll, han gjorde sitt bästa. Han var en bra mördare, en i gänget. De behövde varandra. De tog hand om varandra. Hatade varandra. Men de var bröder. De gnuggades mot varandra som hårda stenar i en trång ficka, och de började passa ihop. De var effektiva, och livet var spännande.

Kaffe med Katja

Oleg hade lyckats tjata till sig en date på ett café med förbindelseofficer Katja. Katja var en riktig värsting. En het sockertopp. Förbjuden och farlig frukt. Men Oleg var inte den som ogillade fara. De använde fiktiva namn, det hela blev en spännande och farlig lek. Andrzej och Krystyna, två polska namn. Alla såg nog att de var slaviska, men de kunde i alla fall låtsas vara polska och inte ryska. Oleg tittade upp på lampan i taket. Skärmen bestod av svarta trianglar med en spets utåt, som en sorts svart julstjärna. Spetsarna pulserade och sköt in och ut, de rörde sig. Nä, nu har jag hallucinationer. De är fasta, av plåt eller något. Han blev avbruten.

"Var brukar du åka på semester, Andrzej?" Hon började inte med "föredrar du kaffe eller te?". Rakt på sak.

"Damaskus. Kandahar. Kabul."

"Inte Berlin?"

"Nej."

"Du då, Krystyna. Du kommer från Warsawa. Spännande! Gillar du inte att besöka Orienten?

"Nä. I Islam ber de fem gånger om dagen, då måste kvinnor, hundar och åsnor vara utom synhåll för männen, annars är deras bön inte giltig. Alla måste gå och gömma sig. Har lite svårt att tycka det är trevligt att bo på ett sånt ställe. Det passar inte en kvinna med självrespekt".

"Och här? Drömmer du om att träffa en svensk man?"

"Kanske. Om han är snäll. Och bjuder mig på café."

"Alla kvinnor gillar väl svenska män? Jag trodde du var unik." Oleg log lite retsamt och utmanande. Skulle hon bita tillbaka? Han funderade på om hon menade honom, han hade ju bjudit henne på café - eller menade hon inte honom? Oleg var en toppspion, men kvinnor var inte lätta att förstå sig på. Vad menade hon?

"Sluta fundera, Andrzej. Är du unik? Har du självinsikt? Njut av kanelbullen."

"Du är väldigt snygg i den där klänningen."

"Tack. Du borde pröva den."

"Ska vi gå till baren här bredvid. Jag gillar den."

"Är du lite busig? Vi kanske ska följa reglementet?"

"Ja det måste vi absolut. Kom."

"Vad håller jag på med?"

De lämnade cafét och gick ut i gränden. Oleg hjälpte katja att bära hennes pälskappa. Det var några centimeter snö på marken och himlen var svart trots att klockan bara var fyra på eftermiddagen. De halkade fnittrande in på en irländsk pub. Nu befann de sig i Sektor 2. Varning för spioner från MI5 och CIA. Nä, slappna av nu, Oleg, tänkte han för sig själv. Några musiker satt och spelade banjo, trumma, tin whistle och fiol. Den storväxte sångaren sjöng lika högt som ett makarovskott i ett vardagsrum, det slog lock för öronen. De beställde en varsin öl. Oleg visade Katja ner till nedervåningen, som var tom så tidigt på dagen. Några piltavlor hängde på den norra väggen. Katjas tävlingsinstinkt vaknade. Eller snarare kvinnans nöje i att driva med flörtiga karlar. En vodkaflaska dök upp från ingenstans, två ryssar som är ute och festar, sånt bara händer.

"Låt oss tävla! Andrzej, du börjar."

"Jaha, hur fungerar det här?" Oleg ställde sig och siktade. Han blundade med ena ögat och höll pilen med spetsen bakåt.

"Försök hålla spetsen framåt bara på kul?" Hon låtsades skratta åt hans tokigheter. Fast han var rolig. Och spännande. Han var mycket farlig. En effektiv KGB-mördare.

"Jag har sett på cirkus hur de gör det här." De drack mer och mer av vodkan. Oleg verkade lite salongsberusad. Så kastade han.

-Tok. Tok. Tok.-

Två bullseye, i mitten, och en lite utanför. Katja klappade händerna.

"Måste vara nybörjartur", sa Oleg. Katja tog pilarna.

-Tok. Tok. Tok.-

En bullsye, och två lite längre bort.

"Vi verkar vara nybörjare båda två."

"Jag är effektivare med kastkniv eller kastspikar.", sa Oleg filosofiskt.

"Är du bra på brottning?"

"Mycket effektiv."

"Du måste visa mig!" De drack ännu en öl, lite vin, sedan lämnade de baren och tog en taxi. En stund senare låg de i Katjas säng. Telefonen på nattduksbordet ringde. Oleg kysste Katja och drog samtidigt ut telefonsladden ur väggen.

Diego the Lion

Han var mest berömd för smeknamnet Lejonet. Det namnet hade han fått efter att en reporter från tidningen The Guardian sett ett exemplar av boken *The Lion: Terrorist, lover, freedom fighter*, bland terroristens övergivna tillhörigheter. Andra favoritnamn, utöver ett hundratal andra namn, var Henry och Omar. Han kallade sig själv Diego Fernandez. Som sjutton-åring besökte han ett träningsläger, Camp Matanzas, för att lära sig gerillakrigföring, eller terrorism som det även kallas, beroende på vilken sida om staketet man befinner sig. Sitt första politiska mord hade han begått två år tidigare. Lägret var organiserat av Fidel Castro i Havanna. Diego hade studerat ekonomi i London och sedan läst vid Patrice Lumum- ba People's Friendship University i Moskva. Där bjöds socialistiska studenter från tredje världen in. Han utbildades av KGB i gerillakrigföring och spioneri, mediemanipulation och psykologisk krigföring, och för att skapa en hållbar täckmantel "slängdes han ut" från universitetet efter två år. Han hade i Moskva stiftat bekantskap med PFLP, Popular Front for the Liberation of Palestine. Efter studierna hade han rest till Palestina och tagit värvning i PFLP, som internationell professionell terrorist. Han utbildades i flygkapningar, bombtillverkning och mord. Han hade sedan skapat sin egen grupp the Organization of Armed Struggle. Om palestinierna var uppdragsgivaren, betydde det att den egentliga uppdragsgivaren var KGB. Han och hans medhjälpare opererade över hela världen. Sedan Arafat hade närmat sig Israel och börjat arbeta för en fredlig lösning mellan Israel och Palestina, hade Diego fortsatt sitt krig och precis som Fidel Castro betraktade han Gorbatjov, Arafat och Sveriges utrikespolitiska personer som förrädare som motarbetade målet att förinta Israel. Hur skulle man kunna förinta Israel om fred "bröt ut" i Mellanöstern?

Diego hade så mycket empati och känslor för de förtryckta. Han slogs för det goda. Han tyckte att alla människor var födda lika, med samma rättigheter. Han stod inte ut med hur världen accepterade hur vissa förtryckte andra, bara för att de var födda med mer pengar och bättre vapen. Han ägnade sitt liv åt att försvara de svaga, de förtryckta, de som inte hade egna länder. Och för att göra det måste man vandra över lik. Att demonstrera var meningslöst. Som när USA skapades, som när Israel skapades, Sovjet, Frankrike, England... de kallar sig demokratier men alla dessa länder föddes ur revolutionärt krig och krossandet av överklassen och främmande fiendearméer. De revolutionära frihetskrigarna hade vadat i sina fienders blod i alla dessa länder. Och det betraktades som någonting fint, heroiskt, beundransvärt. Varför skulle inte palestinierna få ha ett eget land? Eller kubanerna? Eller irländarna?

Telefon

Agenterna satt en kväll och kollade på dumburken. Någon rökte, Oleg låg på lyftarbänken och tränade på bänkpress. Alexejs blick var fixerad på tv-skärmen. Det var en film om Lawrence of Arabia.

"Ta i nu! Kör fyra, sen sju, sen tre."

"Jag kör 5 gånger fem. Med 25 kilo."

"Bra, inte för tungt. Sträck dig inte i axlarna, då är du oduglig i strid."

-Riiing!-

Telefonen ringde. Agenterna satt orörliga och tittade på varann.

-Riiing!-

-Riiing!-

"Ja hallå?" Alexej svarade.

"Är det du, Greta?" En kvinnoröst.

"Va? Nej. Du måste ha ringt fel."

"Är det inte du? Vart har jag kommit?"

"Det bor ingen Greta här."

"Nehej, ursäkta, jag måste ha ringt fel nummer. Jag ber så mycket om ursäkt."

"Ingen fara, jag sov inte."

"Hej då".

-Klick-

"Bliat! Vem fan var det? Svenskarna?"

Tank blev stressad.

"Vad gör vi nu? Typiskt. Vad gör vi nu? Är det bängen?"

"Alla håller käften. Oleg släck lampan. Håll er borta från fönstren. Få tag på vapnen men på golvet nedanför fönstrena. Redo att sticka."

Och så väntade de. Sergej lyssnade längs väggarna med stetoskop. Men grannarna gjorde ljud ifrån sig. Grannarna i lägenheten västerut knullade. Allt verkade vara som vanligt. Inga spioner som tjuvlyssnade. Med de svenska telefonerna med en rund skiva som snurrade var det vanligt att ringa fel. Men tänk om det var svenska underrättelsetjänsten! De måste vara beredda på att lämna lägenheten på ett ögonblick, och bara lämna allt. De hade flera förutbestämda uppsamlingsplatser. Oleg behövde få ner pulsen efter styrketräningen.

Problem i USA

Det var nu så att en rysk diplomat ville hoppa av till USA. Han tänkte dock inte göra det gratis. Han skulle ge amerikanerna en bunt med hemliga dokument mot en ansenlig summa pengar och en ny hemlig identitet. Han gav dem dokumenten och det var amerikanska dokument som en amerikansk dubbelagent, eller förrädare, hade gett till KGB. En lång rad topphemliga CIA-dokument hamnade tydligen på KGB:s skrivbord innan de ens nått CIA:s ledning. FBI kopplades in för att spåra upp denne dubbelagent som fortfarande var aktiv inom CIA. Alla dokument som dubbelagenten hade gett KGB låg i tunna soppåsar av plast, som dubbelagenten trodde skulle slängas. Ryssarna sparade dock plastpåsarna, och dubbelagentens fingeravtryck fanns överallt på dem. Även på påsen som diplomaten gav tillbaka till CIA. Dubbelagenten blev kallad "Doktorn" och blev efter några månader avslöjad och arresterad.

Allt detta hade väl egentligen inte någon betydelse för Sverige, om det inte var för en liten detalj: Doktorn var sedan trettio år nära vän med Sveriges statsminister, som också hade en relation till CIA sedan sin ungdoms studieår i USA. Det var problematiskt. Hade sveriges statsminister också problem med att komma ihåg vem som var vän och vem som var fiende? Vart låg hans lojalitet? Var han en förrädare? Man beslutade att skicka en intern utredare för att göra en bedömning av läget. Uppdraget anförtroddes åt Jason, som redan befann sig i Stockholm. Han fick fria händer och tillgång till amerikanska ambassadens agenter.

Kapitel 25. Maskirovka: maskerad och desinformation.

Маскировка

Oleg mindes lektionerna i Maskirovka, eller militär vilseledning, från studietiden på KGB:s officersakademi. I enlighet med de uråldriga och eviga lärorna från Sun Tsu använde Sovjet vilseledning mycket flitigt. Målet var alltid att "besegra", och inte enbart "segra". Olika nyanser. Maskirovka var en term för all form av vilseledning, från skenanfall för att skapa överraskning och för att dölja det riktiga anfallet, till bluff som skulle få motståndaren att inte lita på information som kom in, även om den var korrekt. Soldater kunde röra sig i krigszoner med inga eller felaktiga förbandsbeteckningar och grader. Målet var att få motståndaren att inte vilja eller kunna lita på informationen som samlades in av spaningsenheter och underrättelsetjänsten. Man skulle åtminstone förlora tid och reaktionsförmåga, och vara oförberedd på de sovjetiska truppernas agerande vilket skulle underlätta segern. På samma sätt som Röda armén använde sig av Maskirovka gjorde KGB:s spioner och agenter det.

Olegs lärare hade berättat att Sun Tsu författat verket *Krigskonsten* runt 500 f.kr i Kina. Förutom att ha inspirerat japansk krigskonst och Shinobi, "den som smyger in", dvs de samurajer som var tränade i spaning, sabotage, spioneri och lönnmord och som på 1960-talet kom att kallas "ninjas", inspirerade kunskaperna även mongolerna. Mongolerna invaderade Ryssland på medeltiden och slaverna drog lärdomar av sina mongoliska ockupanters taktiker och strategier. Sun Tsu:s verk kom dessutom i fyra översättningar till ryska under 1800-talet. Läraren skrev några citat från Sun Tzu på den gröna griffeltavlan. Den vita kritan smattrade när han hetsigt läste dem högt samtidigt som han skrev.

Om du känner din fiende och dig själv, fruktar du inte resultatet av hundra strider.

Framstå som svag när du är stark, och stark när du är svag.

Segrande krigare vinner först och sedan går de i krig, medan förlorare går i krig först och därefter försöker de vinna.

Hela hemligheten ligger i att förvirra motståndaren, så att han inte kan uppfatta vårt verkliga mål.

Maskirovka var ett samlingsbegrepp för åtgärder som bidrar till vilseledning och desinformation i syfte att uppnå överraskning och i förlängningen seger på slagfältet. Det innefattade allt från att låta förband utföra skenanfall mot vissa punkter medan en riktig framstöt förbereds mot en annan punkt, till att bygga attrapper som liknar stridsvagnar, låta radiooperatörer simulera riktig radiotrafik från en pansardivision eller att anfalla på ett oväntat datum utan att ge sina egna enheter någon förvarning. Allt som kunde så tvivel och förvirring hos mot- ståndarens beslutsfattare uppmuntrades. Man kunde låta motståndaren hitta en portfölj med påhittade planer och kartor och låtsas förbereda för dessa planers genomförande, sam- tidigt som man nattetid och i hemlighet förberedde de riktiga planerna. En skenmanöver behövde ibland bara få mot- ståndaren att tveka och vänta på mer information, vilket gjorde att man vann tid och tog initiativet i striden. Om man kunde få motståndarens beslutsfattare att avfärda sanningsenlig information som "rykten" och "farhågor" hade man kommit ett långt steg på vägen mot seger.

Sovjet använde sig inte av Maskirovka under andra världskriget förrän vid slaget om Stalingrad där man tog det strategiska initiativet och inringade och förintade en hel tysk armé. När man väl tagit initiativet började Maskirovka användas flitigt och konceptet användes alltjämt av Röda armén.

Förrädare inom CIA

Amerikanska agenter blev dubbelagenter och förrädare av olika anledningar vilka kunde sammanfattas i fyra kategorier genom en förkortning, MICE: Money, alltså pengaproblem eller önskan att sända sina barn till en fin och dyr skola; Ideology, att man börjar sympatisera med fienden; Compromise, alltså utpressning, och Ego, fantasier och stolthet.

En "mullvad" var en person som infiltrerade en organisation i syfte att komma över hemlig information. Man kunde avslöja en mullvad eller dubbelagent genom att ge hemlig information till vissa utvalda medarbetare och sedan se hur motståndarna agerade. Om man märkte att de agerade som om de kommit över den hemliga informationen, då visste man att mullvaden eller dubbelagenten var en av de man gett informationen till. KGB använde sig ofta av falska informatörer, dvs KGB-agenter som låtsades vara lovliga informatörer åt en CIA-agent. Dels matade de denne agent med desinformation, dels försökte de lista ut vilka andra informatörer denne agent hade kontakt med, så att dessa kunde gripas eller likvideras. De kunde också komma över information om huruvida det fanns mullvadar i deras egen säkerhetstjänst. KGB hade metoden att rekrytera mullvadar inom CIA och amerikansk ambassadpersonal, samt FN-personal för andra länder genom att använda vackra kvinnliga agenter, så kallade "svalor". Dessa kunde vara hembiträden för personal på ambassaden, cafépersonal, barnpassare, officerare etc. De charmade målet och fick denne att avslöja någonting hemligt, sedan hade de en hållhake på denne och kunde pressa denne på mer information. En sådan mullvad kunde vara aktiv 10-20 år och lämna den allra hemligaste informationen om USA och NATO till Sovjet. Sovjetiska underrättelseofficerare tjänstgjorde utomlands i fyra år, sedan tjänstgjorde de i Moskva i fyra år innan nästa uppdrag, dock ej till ett land där de redan varit. Detta skulle motverka fientliga mullvadars effekt, samt risk för avhopp.

"Doktorn", förrädaren som hade en nära kontakt med Sveriges statsminister, begick sitt förräderi för att det var spännande, för att känna sig smartare än andra, alltså motivet Ego. Det var därför han aldrig blev påkommen, det rörde sig om en person som utåt sett inte hade det minsta skäl att bli förrädare. Han kunde dessutom ljuga ohämmat och hade inte det minsta samvetskval. Han var en perfekt spion, eller ja, beroende på hur man ser det.

Sovjetiska spioner hoppade av från KGB och GRU av anledningar såsom att hjälpa till att undvika att världen dras in i ett förödande kärnvapenkrig, eller att deras familjer tidigare i deras liv dödats av Stalin eller KGB.

4 februari: Спецназ в Форсмарке

Spetsnaz vid Forsmark! Tänk om spetsnaz-operatörer förberedde sabotage mot Forsmark. Hemska tanke! Jason stannade bilen. Det var natt. En annan bil stannade bakom honom. Han klev ut, och två män klev ur den andra bilen. De befann sig i ett skogsparti. De hade regnjackor och jeans. Jason pekade framåt med hela handen, en klassisk handsignal för militärer. Gruppen rörde sig in i skogen. De gick hundra meter, stannade, lyssnade, luktade. De hörde inga scouter, kände inte lukten av rök. De avancerade ytterligare hundra meter. Stannade, lyssnade. Det var praxis inom amerikanska specialstyrkor att avancera på det sättet i fientlig terräng.

Liam var irländare och hade varit med sedan barnsben. Han var en erfaren gerillakrigare. Han bar alltid jeans på "gris-operationer" där man ska röja runt i skogarna av olika anledningar. Anledningar som att bedriva sabotageverksamhet och gerillakrigföring. Jeans är kalla men slitstarka, håller mygg borta, och man kan vara "commando" under, dvs inte bära kalsonger som blir blöta av svett och glider upp mellan skinkorna om sommaren. Det var mindre viktigt att ha camouflerade byxor, det som främst måste ha camou-flagemönster var huvudbonad och jacka. Silhuetterna av huvud och axlar som den mänskliga hjärnan är väl anpassad för att upptäcka, brukade han bryta med hjälp av myggnät eller prickskyttenät över huvudet.

Det småsnöade och det var runt noll grader varmt. Lite snöslask lyste upp i nattens mörker. Jason tog fram en spade ur bagageluckan som han gav till den ena följeslagaren, den andre gav han en svart sportbag.

"Så vad ska vi göra?" frågade en av männen som uppenbarligen var svensk.

"Plantera. Ni ska få se, det blir effektivt." svarade Jason.

"Ok lads, let's get into it."

Jason fortsatte djupare in i skogen. Männen följde efter. Efter att ha passerat någon kilometer buskage och ris kom de fram till en igenvuxt grusväg. En gammal mossig och rostig skylt indikerade: "Forsmark 1 km", och under texten fanns en logga med märket som indikerar radioaktivitet. Det här var uppenbarligen inte en väg för allmänheten. De gick vidare och kom fram till en grind. Ett stängsel blockerade deras väg.

"I think it'll be just fine here." sa Jason till de andra.

"Ok, här?" frågade en av männen och pekade på en bäck vid sidan av vägen.

"Ja."

Den andra mannen började gräva en grop mitt i bäcken. Jason fick sportbagen och lade den på marken. Han tog ut två AK-47 automatkarbiner, de låg invirade i flera lager plast. Han placerade dem och några askar ammunition och magasin, även de invirade i plast, i bäcken. Sedan täckte de över gropen.

"Maskirovka" sade Jason belåtet.

"Är det ryska? Vad betyder det?"

"Det är ryska. Det betyder Take some deception up your communist ass."

Jason insåg att Liam kom från det marxistiska IRA.

"Du sa att du kom från en gren som inte var marxistisk, lad."

"Jag bryr mig bara om vad som är bäst för Irland, inte vilken färg jag har på flaggan. De är the Official IRA. Vi är the Provisional IRA."

"Passar bra, den här flaggan är False, hehe."

"Har er grupp fått sändningen från USA än? Det skulle mest vara...". Han kom på att de hade ett uppdrag att utföra.

"Vi tar det sen. Anyway. Svenskarna kommer få en glad överraskning. De kommer tro att the russians kommer storma när som helst." Jason skottade jord och lera över gropen.

"Kommunisterna kommer bli jävligt pissed off. Verkligen en lyckad PSYOP."

"Det är jag säker på!" sa irländaren och log inombords. Jason vände sig om och började gå iväg. Irländaren sjöng tyst för sig själv medan de tre vandrade tillbaka till bilarna.

"Come out ye black and tans,
Come out and fight me like a man,
Show your wife how you won medals
Down in Flanders,
Tell her how the IRA
Made you run like hell away
From the green and lovely lanes
Of Killashandra"

Diplomatbuggningen

Några män satt på ett kontor, i gröna kontorsstolar runt en stor grå bandspelare med två stora rullband. Kontoret låg i säkerhetspolisens byggnad, den som kallades "kåken". Sture drack en klunk kaffe.

"Spela om den där frasen."

En rysk mansröst talade.

"Gillar du inte tapeterna, älskling?"

"De är inte som de vi har hemma."

"Älskling, jag ska se till att de tapetserar om. Imorgon."

"Ska du låta mig vänta till imorgon? Älskar du mig inte?"

"Kom hit, så ska jag visa hur mycket jag älskar dig!"

"Hihi!"

-Klick-

"Kom hit, ska jag visa..."

-Klick-

"Kom hit ska jag visa..."

-Klick-

Örjan kommenterade.

"Dags att koppla in sedlighetsroteln kanske."

"Ja tjena. Men du, banden rullar konstant?"

"Japp. Vi tog in två praktikanter från knarket som kan lite ryska. De får byta band på nätterna."

"Det är alltså en sovjetisk diplomat och hans fru som flyttat in i en lägenhet och ni har lyckats få dit en mygga?"

"Korrekt."

"Det var en fin födelsedagspresent. Att ni tänkte på mig."

"Ha den äran, gosse. Och ha så kul med att lyssna igenom allt det här."

"Du verkade lite deppig, vi tyckte du kanske skulle behöva ett litet tvångsmedel för att muntra upp dig."

"Tvång är ett starkt ord. Jag är säker på att ryssen är ok med det här. Onödigt att berätta, man ska inte överinformera klientelen. Det blir bara rörigt."

Kapitel 11. Olegs inre väsen.

Förbjudna tankar

Oleg kunde inte sova, som vanligt. Under eftermiddagen hade han tagit tunnelbanan hem från ett svartjobb på ett bygge. Han hade fått en pappersmask och en slipmaskin och de bad honom slipa ner alla ojämnheter i betonggolvet i ett kontorshus under uppbyggnad. Han fick andas in damm och det var tungt och vibrerade i hela kroppen. Skyddsräcken fanns inte. Någon myndighet hade kommit och inspekterat, de anmärkte på att det inte fanns skyddsräcken så Oleg och de andra hade fått släppa allt och snabbt bygga upp en massa skyddsräcken på bygget. Jävla svenska tjänsteman, jag skulle kunna döda hela din släkt bara genom att titta på dem. Jag är en sovjetisk officer i KGB! KaGeBe! Förstår du inte hur farlig jag är? Nä, det gör du inte. Då Oleg reste hem till Röda Torget köpte han lite mat. En flaska apelsinjuice, bacon och några paket kakor. En limpa sån där "formfranska", vad det nu hade med Frankrike att göra, inte åt fransmännen sådant bröd. Det var fullt med socker och det var som luft, raka motsatsen till de sovjetiska "tegelstenarna", brödet man fick skiva med motorsåg. Sånt bröd var så kompakt att man kunde använda det som bränsle i en kärnreaktor. Han stod i kön till kassan när någon trängde sig, en dum svensk ung man. Han ville dra sin Vzor50-pistol och borra en ny navel på honom. Men han hade bara en racklig Colt 45. Det var verkligen svårt att vara en hård officer med total makt i Sovjet och sedan i detta land under tjänstgöringsperioden vara en sorts andra klassens slavarbetare som ungdomar kunde trampa på tårna.

Det här livet var tungt. Allt var svårt. Man skulle arbeta på något byggbolag på dagen, sedan skulle man vara vaken på natten och göra saker, hämta saker, spana i tio timmar på en trappuppgång, lämna saker, spöa folk. Sen skulle man gå till jobbet dagen efter. Orakad, trött, hungrig. Man blev trött av att allt skulle vara så hemligt. Livet var som en dröm. Man kunde inte bara gå till en affär och köpa bröd. Man måste tänka på att smälta in, ha rätt skor, gå som svenskarna, inte halka, inte dra uppmärksamhet till sig. Varenda detalj var så viktig. Det var oerhört tröttsamt. Och man vågade inte göra fel, då vet man vad som händer. Med en själv och kanske ens familj. Man fick aldrig koppla av. Men han hade i alla fall bra betalt, 30 dollar i månaden. Nej, nu tänker jag allt det där förbjudna. Jag ska inte tänka på pengar. Men tänk att bo i det här landet och ha en bil. Ett hus. En fru och barn. Nej, nu måste jag sluta tänka såhär, jag är en officer i KGB på tjänstgöring i ett främmande land. Bortskämda idioter som bor i det här skräplandet! Jag kämpar varje dag för alla folk i Sovjet. Annars skulle de ha varit förtryckta av bourgeoisin, gamla tyska gubbar i höga hattar. Mina systrar skulle vara pigor och kyssa gubbar på handen och niga för att hälsa. Jag måste sova, skall jobba imorgon. Hooi, kuk också, klockan är tre på natten! Hur ska jag somna? Han hade lite "svart afghan", förstklassigt hasch från Afghanistan. Dra en brajja? Smoke some shit? Charas, som de sa i mellanöstern. Njet, Alexej blir bara sur. Bäst att kränga skiten på jobbet.

Restaurant Cattelin

Det var kväll. Kvarteret där Restaurant Cattelin låg liknade ett kvarter i Leningrad, fast i miniatyr naturligtvis. Målet åt ibland lunch där och ibland middag då han arbetat till sent på kvällen. Den låg nära regeringsbyggnaderna och regeringen hade ett stående bord dit politiker konstant kom och åt.

Restaurant Cattelin hade en kontinental atmosfär, det var som att kliva in i ett litet Europa i miniatyr. Politiker, författare, konstnärer och turister samsades om platserna och man hade svenska och franska rätter på menyn.

Irina såg att målet kom denna kväll, i sällskap med en kollega. De brukade stanna minst två timmar och diskutera politik, äta och ta några glas. Hon tog på sig ett rött hårband.

En man utanför såg det och gick iväg. Han hade en radio-sändare i fickan och skickade ett meddelande i morsekod. Han sände inte ryska ord utan förutbestämda till synes slumpmässiga kombinationer av bokstäver. Inte ens chiffer var säkert, någon som snappade upp sändningen kunde lätt se att man kommunicerade på ryska. Och man visste att det satt folk och lyssnade. Kombinationen K J R betydde "målet är på plats, inga livvakter". Den polske dissidenten och författaren, Olegs täckmantel, hade suttit på ett café i närheten som han ofta gjort sedan några månader, då Tank gick förbi honom med en hoprullad dagstidning i handen. Han tog sig med nöd och näppe igenom det trånga caféet. Den hoprullade tidningen var signalen, målet var på plats, operationen startar. Oleg gick in på toaletten och förberedde sin utrustning, en liten parfymflaska, och tog på sig gummihandskar och över dem ett par skinnhandskar. Han lämnade caféet och begav sig mot Restaurant Cattelin.

Väl inne på Cattelin gick han mot toaletterna. Där möttes han av Irina. Hon mötte hans blick, det var konfirmationen. Hon pekade mot målet med ett finger på ett diskret sätt så bara de två kunde se. Oleg gick långsamt förbi målet, han böjde sig ner för att knyta sin högra sko. Han tog fram parfymflaskan och reste sig, de sittande tittade bort, han kunde spraya gift i målets mattallrik då målet plötsligt rusade upp.

"Vi måste genast ringa Olsson och imorgon tar vi oss till Nyköping... vi måste reda ut det där!".

Målet och hans sällskap tog sina trenchcoats och rusade ut. Hans sällskap kom tillbaka, böjde sig ner och tog tag i attachéväskan han hade glömt under bordet, och han stirrade Oleg i ögonen. Oleg satt fortfarande med skosnöret i händerna. Han reagerade inte. Oleg var van vid "det oförutsedda". Oleg var "det oförutsedda". Det okända. Hotet. Den svenske mannen rusade ut igen.

Det var femte försöket. Det är som att fiska: fisken nappar inte varje gång man kastar i draget, man får kasta hundra gånger och rätt var det är får man napp. Orkar man inte vänta får man skaffa ett annat jobb. Fast det är bra om man inte behöver göra hundra försök, man vänjer sig och slappnar av och börjar göra misstag. Folk börjar känna igen ens ansikte. Nu är det inte ett problem på en restaurang, då alla butiker, restauranger, caféer, gator och tunnelbanor har stammisar. Folk jobbar och handlar så de passerar kanske flera gånger om dagen på samma ställe. Går de ut går de ofta till sina favoritställen. Men det var ändå bra att vara så diskret som det bara gick.

Jag är Sovjets bödel

Oleg låg på sin madrass och försökte sova. Han hade adrenalinpåslag, hjärtat bultade.

"Jag är Sovjets bödel. Generaler och ledare fruktar mig. Och när jag dödat dem fruktar jag dem, de tittar på mig på natten. När jag ger dem mitt gift är jag som en pansardivision, jag vinner krig. Åt vem? Min själ blir krossad, men för vem? Jag är en härförare, jag vinner krig, och tjänar 30 dollar i månaden. Jag dricker den billigaste vodkan och besegrar berömda generaler. Det är socialism, att göra någonting för andra, för folken i Sovjet, för någonting som är större än en själv. Att vara en hjälte. Hjältar skapar ingenting, de bara blir till. Det är historien som skapar hjältarna. Är jag en hjälte? Är mitt öde skrivet? Första gången jag sköt mot en annan människa var oerhört. Det var en amerikan. Jag gråter fortfarande om nätterna. Efter tio, tjugo gånger gör man det utan att fundera. Men att sikta mot en annan människa, att trycka på avtryckaren. Att slå ihjäl en människa med en jävla batong. Det är en fiende. Men en människa." Oleg började gråta. Varför är jag en sådan vekling som gråter? Jag vet inte vem fan jag är. Jag är fast. Vart fan är jag? Varför har jag inga vänner? Jag har ingen fru, inga barn."

Köpare

Liam satt vid ett skrivbord. Det var mörkt och endast en skrivbordslampa lyste upp bordet framför honom. En trälåda med ett automatgevär låg på golvet längs väggen. En flagga hängde på väggen, men en bild på två maskerade män som höll upp ett RPG raketgevär. Det stod: "PLO and IRA, One Struggle". Fucking lödkolv! Vakna då! Han önskade en lödkolv med mera kräm i. Plötsligt ryckte han till.

"Fuck, man!"

Hans kollega hade kommit in i rummet.

"Sorry, mate. Jag fick ett samtal. Vi har en köpare på kalascherna."

Presenten

Det var Olegs födelsedag. Han fyllde, han kom inte ihåg sin riktiga ålder. Låt säga att han fyllde 35. Det var inte det som var det viktiga. Bröderna i basen hade ordnat lite feststämning i lägenheten när Oleg kom hem från jobbet. På vardags-rumsbordet stod en flaska vodka, några väldoftande pizza-kartonger och några tomma glas. Oleg såg även en liten låda med cigarrer och ett askfat.

"Grattis!" sa Alexej. Ett litet paket låg bland sakerna på bordet. Det var gjort av mörkgrönt julklappspapper. På paketet låg en liten lapp. *"Jag önskar dig min uppriktiga bolsjevikiska hälsning och mina bästa önskningar. En vapenbroder."* Oleg öppnade det lilla paketet. I det låg en blå använd tvålbit.

"Vafan är det här?"

"En pissoartvål?"

"Använd? Vart fan har den legat?"

"Vafan är det här?"

"Du sa att du tyckte att det luktade gott. På toan, på den där irländska puben i Gamla Stan."

"Det har jag väl fan inte sagt?"

"Jo, du sa det. Du sa att du gillade lukten."

"Men vafan. Det här är inte snällt. Vem fan är det från?"

"Kanske Katja?"

"Nej, det är fan inte från Katja! Era rövhål."

"Ja grattis i alla fall. Nu ska vi inte vara negativa."

Det hettar till

En sydamerikan stod och lagade mat i hotellrummets kök. En bandspelare spelade arabisk musik. Det var ett fint hotellrum och några papperskassar med mat stod på diskbänken. Han plockade ut matvarorna, och förberedde sin "mis en place", att alla tillbehör låg framme.

"Ok, let's make falafel. Det kommer bli så gott, adios munchachos, du kommer äta tills du exploderar". Han tog en klunk ur en burk som det stod "Weight Watchers Slim-Fast Drink" på. Sedan tog han en klunk whisky varpå han halsade några klunkar ur en champagneflaska. Han tände en cigarr.

"Två kalascher. Stulna från CIA, säger du. Fantastiskt! Imperialisterna kommer bli skjutna av sina egna vapen. Några granater. Tre RPG. Vad har ni mer? Vad har ni för vapen med ljuddämpare? Har du en Tokarev? Jag gillar dem. Hur många detonatorer har ni? Vi skulle behöva 200 kg sprängämnen och en skåpbil. Vad har ni?" Liam satt i en fin soffa och sippade på ett stort glas whiskey. Runt honom i soffan och två fåtöljer satt andra män. En skranglig med nordiskt utseende, några från mellanöstern, en sydamerikan. Han tänkte svara, då hans värd åter tog till orda.

"Så, habibi, min irländske vän. Vilka ambassader har ni ritningar över? Äh, jag skojar. Vi har ett annat uppdrag." Liam började inse vad sydamerikanen hade för planer. Ett terrorattentat. Liam var bra på att snacka sig ur knipor, men han var även bra på att snacka sig in i knipor. "The lad" var spritt språngande galen. Det här började lukta illa. Dags att dra sig ur. Det här kunde vara dåligt för IRA och den tilltänkta socialistiska irländska republiken. Så fort han kom hem skulle han rådgöra med Uncle Duncan, han hade tränat tillsammans med palestinierna i Libyen, han kunde nog ge kloka råd.

5 februari. Restaurang Bohemia, Tunnelgatan

Redan kvällen efter besökte målet med en kollega den italienska restaurangen Bohemia belägen på Tunnelgatan. Oleg skulle göra ett sjätte försök. Agenterna begav sig till Bohemia, men här hade de inte någon spanare anställd på stället. Denna gång kände han sig dock bevakad. Han blev uppmärksam. När det var dags att passera förbi målet kände hur det skrek i hela kroppen, "*någon glor på dig*". Han vände sig om och gick ut. Hans kollegor skulle se att han lämnade restaurangen. Men han såg dem inte. Han gick skyndsamt mot en gränd, då plötsligt en polisbil svängde runt ett hörn på avstånd. Hans hjärta bultade och kändes som att det skulle sprängas. Polisbilen körde förbi honom. Den stannade där

Tunnelgatan mynnade ut i Sveavägen. Två poliser gick in och kom strax ut med en man. Det var han som hade stirrat på Oleg. Mannen talade till poliserna:

"I am a diplomat, sir. Let me show you my card."
CIA, tänkte Oleg. Skuggar dom målet eller oss?

Fågelskådande bärplockare

Oleg och Vlad satt i en grön passat. De körde ute på landsbygden sydväst om Stockholm. De skulle rekognosera runt ett mobiliseringsförråd väster om södertälje. De hade fått i uppdrag av KGB att bistå GRU i att kontrollera att uppgifterna man hade var uppdaterade, att inte svenskarna flyttat på förrådet. GRU hade ett skalbolag, Matreco AB, som var underrättelsebas varifrån man sände ut östeuropeiska lastbilar för att spionera på mobförråd, flygfält, skyddsrum, vägar och andra skyddsobjekt. Man identifierade potentiella mål för kärnvapen. Eftersom kärnvapen skulle användas mot Sverige när kriget kom, ungefär ett femtiotal, skulle även KGB och GRU-agenter och sovjetiska soldater behöva ta skydd.

"Vi är turister eller vad är vi? Tavelförsäljare?"

"Fågelskådare."

"I november? Vad fan finns det för fåglar i november? Skator?"

"Vet inte, skit samma. Du skulle ha varit med i somras Oleg, det fanns hur mycket bär som helst. Blåbär och Lingon. Då var vi bärplockare. Det var lite omväxling mot rödkåls-soppan."

"Härlig natur ändå. Lite finare än hökis. Skulle vilja sitt här ute och måla lite. "

"Måla vaddå?"

"Eiffeltornet. Nä, men vad tror du? Ett landskap. Det här landskapet påminner mig om mitt hemland"

"Äsch, en riktig konstnär målar bara porträtt av Stalin."

"De vapen, varmed bourgeoisin slagit feodalismen till marken, riktar sig nu mot bourgeoisin själv. Men bourgeoisin har ej blott smitt de vapen, som skall bringa den döden, den har också frambragt de män, vilka skall föra detta vapen - de moderna arbetarna, proletärerna." Det kommunistiska partiets manifest.
Karl Marx och Friedrich Engels

Kapitel 12. License to kill.

Order från CIA

Det var eftermiddag. Jason satt på sitt kontor på USA:s ambassad. En kvinnlig sekreterare knackade och klev in.

"Brev till dig."

"Tack."

Jason skrev under att han tagit emot det. Sekreteraren gick ut. Han öppnade brevet. Det var ett tjugotal kvitton och restaurangnotor fasthäftade på tre A4-papper. Han hade skickat dem till "bokföringen" för sina utlägg, i tjänsten naturligtvis. För uppdraget. Fast de på bokföringen gick inte med på allt. Jason hade varit tvungen att köpa tre drinkar för det facila priset av 500 kr styck på Embassy Club, för att locka en trevlig och sofistikerad dam att avslöja sina djupa hemligheter. Jason hade förmodat att de inte skulle acceptera hans inköp av en sportcykel för 30,000 kr men han kunde ju alltid försöka. Endast det bästa var gott nog åt agenterna som garanterade de amerikanska medborgarnas rätt att leva sina liv i säkerhet. Om agenterna skulle hålla formen behövde de bra sportcyklar.

Bakom kvittona låg ett brev. Han läste igenom det. Det var en order, som började med bakgrund och motivering. Han tog en klunk kaffe och läste.

TOP SECRET
CENTRAL INTELLIGENCE AGENCY
Washington. D. C. 20505
17 January 1986
ORDER FOR: J
FROM: John N. Mcdonald, Deputy Director for Operations
SUBJECT: Threat analysis and orders
We have just acquired additional intelligence on the Swedish Prime Minister Mr. Palme regarding possible treason and a great risk of divulging top secret information about US and NATO military plans to the Soviet Union. There is also a substantial risk of creating unforeseeable conditions and serious consequences for US interests at the imminent meeting in Moscow about a NWFZ (Nuclear-Weapon-Free-Zone) in Europe, between Mr. Gorbatjov and the Swedish Prime Minister Mr. Palme.
This information is extremely source sensitive and therefore recipients should destroy this report after reading.
Part 1: Background, threat analysis
Part 2: Orders

I rapporten läste Jason att USA:s dåvarande president Jimmy Carter tillsammans med Leonid Brezjnev året 1979 hade kommit överens om att följa ett avtal som kallades SALT 2, Strategic Arms Limitation Talks. Några månader senare invaderade Sovjet Afghanistan, då man fruktade att regimen skulle bli USA-vänlig och placera kärnvapen längs Sovjets södra gräns. USA hade redan kärnvapen i Europa som kunde nå Moskva på tre minuter så Sovjets farhågor var förståeliga. USA valde då att inte skriva under SALT 2 men man följde det ändå i praktiken, då man önskade nedrusta världens kärnvapen. Mänskligheten hade slutat vara odödlig, det gällde för hela mänsklighetens överlevnad att kärnvapenkapprustningen mellan USA och Sovjet upphörde. Man undvek ett kärnvapenkrig genom terrorbalansen MAD, "Mutually Assured Destruction". Palmes oberoende arbete sedan årtionden med att propagera för kärnvapenfria zoner och nedrustning av vissa typer av kärnvapen hade börjat rubba den balansen.

Nu var det så att President Reagan skulle lansera en ny utrikespolitisk strategi och ett nytt förhållningssätt gentemot Sovjet under våren 1986. Reagan tänkte officiellt avbryta fullföljandet av SALT 2-avtalet och börja rusta upp USA:s kärnvapenarsenal, samtidigt som han skulle lansera "Star Wars", man tänkte ta det kalla kriget ut i rymden och bestycka satelliter med kärnvapen. "What goes up, must come down", tänkte Jason en smula skeptiskt. "Vi sätter 500 atombomber i omloppsbana, och så väntar vi. Vad kan gå fel?" USA hade varken resurserna eller teknologin för att genomföra rymdprogrammet, men Sovjet hade ännu mindre möjlighet att militarisera rymden. Under denna nya utveckling var det någonting som vi absolut inte behövde, och det var en världsomspännande revolutionär 68-rörelse som kunde påverka det amerikanska folket till den grad att regeringen tappade kontrollen över skeendena. Vi förlorade inte i Vietnam på det militära planet utan det var hemmaopinionen som krävde att man skulle dra sig ur kriget. TET-offensiven som traditionellt brukar ges äran för att ha besegrat oss, var ett militärt fiasko som ebbat ut efter några dagar med minimala amerikanska förluster och enorma förluster för nordvietnameserna. De amerikanska trupperna och den militära förmågan var i princip opåverkad efter TET-offensiven. Reagan fruktade att hemmaopinionen skulle påverka USA:s nya strategi på samma sätt. Och då insåg man att det kanske var bäst att kväva revolten i sin linda. Den svenska statsministern var en personlighet som alltid tog revolutionärernas sida, som drog med sig världsopinionen och höll medryckande tal som eldade upp massorna. Han hade demonstrerat tillsammans med Nordvietnams ambassadör och likställt USA:s aktioner i Vietnam med nazisterna. Det var lite för mycket för oss, det var ju faktiskt vi som besegrade nazisterna samtidigt som de svenska socialdemokraterna var klart hitler-vänliga. Är han komplett galen? Skulle denne statsminister åter greppa megafonen och demonstrera mot Reagan's politik? CIA:s beteendeanalytiker bedömde det som mycket sannolikt. Det var en av anledningarna till att man skulle agera.

För tre månader sedan hade den svenske statsministern lämnat ett lagförslag till riksdagen att svensk polis, efter en ockupation av Sovjet, skulle upphöra att göra motstånd och istället verka som en civil polismakt. Man skulle med andra ord ta order av KGB och söka efter och arrestera varje svensk som bjöd motstånd mot ockupationen. Innan detta lagförslag var det tänkt att armén, hemvärnet och polisen skulle göra motstånd mot en ockupationsmakt. Var detta inte en akt av Treason, landsförräderi? Att ge främmande makt politisk makt på svenskt territorium. Vi inom CIA hade skapat den svenska motståndsrörelsen Stay Behind. Denne statsminister hade varit med och byggt upp motståndsrörelsen i Sverige, han kände till allt om den. Dess kontakt med NATO gick via statsministern, och han var en svag, eller snarare avbruten länk i kedjan. Det var bäst att skapa nya kedjor och kassera denna. USA kunde inte acceptera att en svensk politiker saboterar 40 års arbete man med stor möda utfört för att skydda den fria västvärlden mot kommunismen. Framförallt skulle Sovjet omringa Finland och äga hela Östersjön. Sovjet skulle knipa ett område lika stort som resten av Europa. Vi var beredda att gå i krig för att stoppa kommunismens erövring av länder, som i Vietnam och Nordkorea. I ett storkrig mot Sovjet skulle vi inte ha möjlighet att komma till skandinaviens räddning, vi var därför beroende av att deras motstånds-rörelser besegrade en sovjetisk invasion. NATO hade inga planer på att skicka en enda soldat till Sveriges räddning, man skulle ha fullt upp med att rädda Centraleuropa.

Chefen för CIA:s kontraspionage, likaså chefen för MI6:s, alltså Storbritanniens kontraspionage, hade varnat den svenska underrättelsetjänsten att statsministern gick emot USA:s och NATO:s intressen och istället närmade sig Sovjet.

En annan anledning var att Sveriges statsminister var desti-nerad att bli utnämnd till FN:s generalsekreterare. Då skulle han plötsligt ha väldigt mycket internationell makt. Skulle en Sovjetvänlig KGB-informatör styra FN, då kunde verkligen vad som helst hända i geopolitiska termer. Det skulle skapa en mycket osäker terräng för den amerikanska utrikespolitiken. Det var ett hot mot amerikanska intressen. Man skulle behöva tysta honom precis som man gjort med Dag Hammarskjöld några år tidigare.

Nu skulle han om några veckor möta Gorbatjov i Moskva, dit inte ens USA:s president ännu blivit inbjuden. Reagan och Gorbatjov möttes för några månader sedan i Geneve. Mötet med Gorbatjov får under inga som helst omständigheter äga rum. USA följde doktrinen "vinna eller förlora", man önskade se Sovjets kollaps, man önskade inte se ett reformerat Sovjet som blev lite mindre totalitärt och öppnare och därmed starkare och farligare. Sovjet skulle hållas totalitärt och svagt till den dag det kollapsade. Precis som nazityskland och Japan under andra världskriget. Den svenska statsministern önskade ett snällt Sovjet som granne. Han var ju socialist långt ute på vänsterkanten.

Ytterligare en anledning var "kommunist-listan." Den svenska underrättelsetjänsten IB, som fräckt nog inte skapats i samarbete med CIA, och som var en socialdemokratisk olaglig konkurrent till Säpo, hade upprättat en lista över 100 000 svenska kommunister. Det var på ett sätt hedervärt. Problemet var att den socialdemokratiska partiledningen var vänligt inställd till Sovjet och fientligt inställd till västvärlden, NATO och USA. Kommunistlistan kunde tjäna som underlag för en omfattande rekryteringskampanj av KGB och GRU för att värva spioner, sabotörer, provokatörer och revolutionärer, en inre fiende på 100 000 man som kunde aktiveras om ett storkrig hotade. Statsminister Palme uppmanade dessutom Säpo att inleda samarbete med KGB och GRU. Man allierade sig helt klart med fienden. Detta var en utveckling som hotade NATO och den fria västvärlden. Listan måste förstöras och aldrig komma i KGB:s händer.

Men ett avgörande skäl ledde fram till beslutet.

CIA:s beteendeanalytiker hade länge brottats med frågan varför den svenske statsministern och vissa andra utrikesministrar och politiker var så sovjetvänliga. De levde grannar med Sovjet, insåg de inte vad kommunism ledde till? De förstod väl att den ryska björnen inte kunde blidkas med ord och vänlighet? Så en dag fick man svaret. En tjeckoslovakisk KGB-agent hade nyligen hoppat av till väst. Han avslöjade många saker men framförallt någonting som berörde Sverige. Avhopparen berättade att KGB och GRU hade foton på statsministern, ministrar, politiker och näringslivstoppar i sällskap med call girls och prostituerade, både i Sverige och utomlands. KGB kunde alltså utpressa många svenska beslutsfattare att spionera och även få dem att styra svenska politiska beslut så att det passade Sovjet. Sverige var kidnappat. Den svenske statsministern skulle inom kort möta Gorbatjov. Palme ville ha kärnvapenfria zoner i Europa. Vad ville Sovjet ha som Sverige kunde ge? Gotland? Sovjet skulle kunna hävda att det fanns en rysk minoritet på Gotland som utsätts för trakasserier och som Sovjet måste beskydda genom att sända militära enheter i syfte att denazifiera och demilitarisera ön. Inte en direkt krigsförklaring utan en "speciell militär operation". För NATO var Gotland ett osänkbart hangarfartyg framför näsan på Sovjet. Sverige fick inte ge bort Gotland till Sovjet. Där gick gränsen. Situationen var farlig inte bara för USA och NATO utan för mänskligheten. Den balans mellan USA och Sovjet som förhindrade ett tredje världskrig kunde rubbas. För att undvika krig med miljoner eller miljarder döda behövde man bara tysta en man. En enda människa för att rädda mänskligheten.

Order: Health modification. Terminate with extreme prejudice.

Burn this document.

Jason tog fram en tändare ur en byrålåda och eldade upp dokumentet och kuvertet. Han lade dem i ett askfat på skrivbordet så att det fick brinna färdigt.

Han kontaktade sina spanare och gav dem order att skugga statsministern dygnet runt. Tillräckligt sporadiskt för att inte väcka misstankar, men så ofta det var möjligt. Man måste kartlägga personens beteendemönster, vanor, vilka vägar han gick, vilka tider han gjorde olika saker. Och vart man kunde tänkas finna en möjlighet att fimpa honom. Det var naturligtvis så att sådana analyser och planer redan fanns utarbetade. Come on, dude! Vi snackar om CIA här! Men det var tydligen bråttom och han behövde samla de utförare och spanare som han redan tränat upp. Han hade några svenska legosoldater, några hade gjort främlingslegionen, andra var kriminella. Han hade en sydafrikansk polis, den där Butch, och en kurd, en irländare, en belgare. Mercenaries. Bounty hunters. Private Contractors som de kallades i USA. En palett av yrkesmän med bred vapenintensiv kompetens och varierande bakgrund.

Det knackade på dörren till Jasons kontor. En manlig officer med ett dokument i handen klev in. Han betraktade Jason och hans legosoldater med en skeptisk min.

"Bounty Hunters" sade han lite nedlåtande och räckte Jason dokumentet.

"Tack så mycket, stumpan. Jag ropar på dig om jag behöver nåt."

"Fint att de har maskeradkläder på sig."

"Vi jobbar, det är ingen modeshow."

"De ser ut som ett gäng fångar på rymmen."

"Jag ska fixa kläder och utrustning åt dem."

"Det låter betryggande, J. Får de ta en dusch också samtidigt?"

"Jag tänkte fråga dig om vi fick låna era duschar men Navy SEALS vet väl inte vad en dusch är?"

"Vi sköter krigandet, medan Green Berets duschar och filar naglarna."

"Ok låt mig och mina killar sitta här och fila naglarna så fortsätter du dela ut vår post, sir."

"Nästa match spöar jag dig, J. Torsdag? Jag kan låta dig vinna ett set. Hatar att se dig gråta."

"Du är en riktig vän, Dave."

5 februari. Gamla vanor

Statsministern promenerade inte hem efter arbetet utan lämnade kansliets port och promenerade förbi riksdagen och vidare över den lilla Riksbron mot stadens centrum. Han flanerade längs Drottninggatan, förbi Sergels Torg och T-Centralen, till höger längs Mäster Samuelsgatan och sedan vänster in på Sveavägen och några hundra meter fram till hörnet Kungsgatan och Sveavägen. Det hade varit en promenad på sju minuter. Där låg Hötorgets tunnelbanestation och Ströms Herrekipering där han köpte sina kostymer och skjortor sedan trettio år. Han fortsatte 100 meter och där låg Tunnelgatan och den där konstnärsbutiken Dekorima där han brukade handla julklappar åt barnen. Han fortsatte några hundra meter på östra trottoaren av Sveavägen, precis som han ofta gjort under de senaste trettio åren. På vänster sida låg Adolf Fredriks Kyrka. Han närmade sig slutligen Socialdemokraternas partihögkvarter på Sveavägen 68. I samma port låg huvudkontoret för Palmekommissionen, eller Den oberoende kommissionen för nedrustnings- och säkerhetsfrågor som den egentligen hette och som han hade startat 1980, alltså sex år tidigare. Han skulle arbeta med något och sedan promenera hem exakt samma väg, precis som han gjort så många gånger de senaste tre åren, sedan han flyttat med sin fru till 3-våningslägenheten på Västerlånggatan 31, ett stenkast från Riksdagen men åt det motsatta hållet.

Statsministern märkte inte att han observerades av en kvinnlig turist. Och en byggjobbare. Och ännu en turist, från Israel. Och en man i beige trenchcoat. Och två män i omoderna täckjackor. Och en ung man med svart krulligt hår. Statsministerns livvakter från SÄK märkte heller ingenting, ty statsministern brukade kommendera hem dem för dagen då han lämnade sin arbetsplats. SÄK visste alltså inte att statsministern var intensivt skuggad sedan några månader. Men ingen kunde väl vilja knäppa statsministern?

Jag ska knäppa den jäveln

Anton skulle skjuta ett titthål i bröstet på gubbjäveln. Dom hade förstört Antons liv, och framförallt Antons dotters. Antons dotter hade prostituerat sig då hon var i 20 år, för några år sedan. Hon hade berättat att hon legat med uppsatta politiker. Vilka jävla as. Jag ska knäppa den jäveln. Knäppa den jäveln. Fy fan. Jag ska le, se honom i ögonen och knäppa svinet. Det är hans fel! På köksbordet framför honom låg hans tjänstevapen och en revolver samt några askar med kulor.

Kapitel 13. Katter i natten.

Katter i natten

Plötsligt väcktes Oleg. Det var tidig morgon. Oleg låg på en madrass med ett duntäcke. Han såg en dammråtta. En prick på väggen, är det en fluga? Äsch, fokusera. Oleg var en person med väldigt stark iakttagelseförmåga, det var ofta irriterande. Han såg allt, hörde allt, det var en egenskap som uppskattades i spionvärlden men ofta överbelastade hans medvetande. Han behövde ofta vila sinnet i ett tyst och mörkt rum. Han kände sig som en katt.

Sergej hade väckt honom och höll ett finger framför munnen för att visa att Oleg skulle vara tyst. Sergej pekade mot fönstret. Oleg förstod. Paliitse. Polisen. Svenskarnas polis och underrättelsetjänst snokade i kvarteret. Sergej och Oleg väntade. Tank låg i rummet bredvid med båda händerna på pistolen vars pipa lutade mot golvet. Han mötte deras blickar. De var vältränade i att just vara orörliga, ljudlösa. Man andades i ett långsamt metodiskt mönster för att inte pulsen skulle gå upp. Andas in fyra sekunder, håll andan fyra sekunder, andas ut fyra sekunder, håll andan fyra sekunder. Behåll vilopuls. Ska man undvika att bli upptäckt måste man andas lugnt, vara orörlig, hela ens existens och själ måste vara osynlig. Precis som en smygande katt. Oleg var pissnödig. Han drog sin Colt 45 från hölstret på trägolvet bredvid kudden. Han gjorde mantelrörelse, så att han kunde skjuta snabbt. Han pissade ut över golvet, bort från madrassen. Om det blev strid måste han vara helt redo, och

131

ha tömt kroppen på vätskor som kunde skapa infektion om han blev skadad.

Entrédörren till trapphuset öppnades. Långsamma steg avslöjade att någon gick upp för trappen. Stegen gick förbi lägenhetsdörren. Sedan stannade de. En nyckel vreds om och någon granne öppnade sin dörr. Oleg låg orörlig. Han hade en lapp med telefonnummer, adresser etc, i det fall alla skulle behöva fly från lägenheten hals över huvud. Allt var kodat naturligtvis. Han hade några olika flyktvägar och uppsamlingsplatser inövade. Han skulle i första hand fly till en restaurang där en KGB-agent arbetade.

Efter en stund kom Alexej ljudlöst krypande på golvet.
    "De har åkt iväg."
Svenskarnas kontraspionage var som spårhundar, de letade konstant efter agenter från KGB, GRU och STASI. De hade en hel avdelning som kallades "ryssroteln". Det visste Oleg och agenterna om. Den hade man infiltrerat sedan länge. Men sovjeterna var mästare på att vara osynliga. Svenskarna letade efter katter i natten, men sovjeterna var katternas skuggor.

Vlad

Oleg gick upp mitt i natten, fan klockan var tre. Han hoppades att han skulle kunna somna sedan. Han gick och pissade. Han såg Vlad sova med en spruta berdvid sig. Han tog heroin! Fan, det var ju skiten från Afghanistan. Vi skulle ju använda det för

132

att rasera kapitalismen, våra killar skulle inte vara knarkare. Men Oleg sa ingenting.

Katt och råtta

The fucking russians hittade en av våra myggor och satte dit en egen. I statsministerns sons telefon. Goddamnit! Jason hade sina kanaler, informationen om statsministern flödade visserligen in. Men det var en bra plats att avlyssna. Vi har fortfarande sekreteraren på hans kontor. Och en livvakt. Samt några politiker. Informationen kom. Men Jason ville få inblick i det privata, det hemliga. När någon ändrade sina planer på kontoret var det vanligtvis för att gå till tandläkaren eller för att gå till banken. När folk började ändra planer och komma med ursäkter för att gå på möten i den privata sfären, då kunde man börja fundera på om det var hemliga möten med fiendens agenter. Då blev det intressant att skugga dem.

Alla vägar leder till Moskva

Karl Bergkvist, myndighetschefen för Säpo, mindes. Han satt i sin kontorsstol och drömde sig bort från rapporten han hade i sin hand. Några år tidigare hade statsminister Palme kallat honom till sitt kontor och skällt ut honom, då han berättat att Säpo och försvarsmakten samarbetade, liksom alla väst-länders underrättelsetjänster, med CIA och att man kartlade sovjetiska spioner i Sverige. Statsministern hade blivit rasande. Varför hade han blivit det? Efter den lede dansken var ju Sovjet vårt lands största fiende.

Karl mindes också ett annat tillfälle, då han blivit kallad till statsministerns kontor för ett utskällning efter att ha låtit svensk press skriva om den socialdemokratiska olagliga organisationen IB, eller Försvarsstabens Inrikesavdelning Grupp B. Organisationens syfte hade varit att kartlägga medborgare med kommunistiska sympatier. Kunde denna kartläggning kapas av eventuella landsförrädare såsom socialdemokratiska politiker i syfte att skapa subversiva kommunistiska motståndsrörelser som kunde aktiveras i ett skymningsläge eller krig? Socialdemokrater hade samma vision om en utopi som sovjetkommunister: ett anarkistiskt jordbrukssamhälle utan privat ägande. Revolutionära kommunister ville nå dit genom att genomföra en blodig revolution där arbetarna reser sig och skapar proletariatets diktatur, som sedan upplöser sig och låter folket leva utan herrar. Socialdemokrater var demokratiska socialister som ville nå utopin genom demokratiska val och en gradvis påverkan av folkets ideal och världsbild.

Karl mindes ett tredje tillfälle där han blivit kallad till ett möte med dåvarande chefen för polisen i Stockholms län. Den där Hans Holmér. Holmér och hans kollega Johansson hade hälsat att statsminister Palme ville att Säpo och den olagliga organisationen IB skulle inleda samarbete med KGB och Sovjet. Varför skulle man det? Vem hade bestämt det? Statsministern? Då skulle KGB alltså få en lista över de 100 000 svenska kommunistsympatisörerna. En hel revolutionär armé.

Vad hade egentligen Sovjet för hållhake på statsministern och regeringen? Jag menar, de hade väl inte nakenbilder från vilda fester i olämpliga sammanhang? Det hade de väl inte? Hade de möjlighet att utpressa sveriges regering? Det skulle innebära en akut och existensiell fara för rikets säkerhet.

Hade inte utrikesminister Sten Andersson och partitopparna i socialdemokraterna bjudit in sovjetiska KGB-agenter till sina möten på partihögkvarteret på Sveavägen 68 vid ett flertal tillfällen, för att visa att svensk politik fördes i enlighet med sovjets intressen? Hade inte Sten Andersson inför sovjets ledarskap, under ett moskvabesök på 60-talet, deklarerat att socialdemokraterna stod långt till vänster om sina väljare, men att man inte får visa det för mycket då man behövde 2 miljoner röster för att vinna ett val i Sverige?

Och snart skulle idioten flyga till Moskva för att "normalisera" relationerna mellan Sovjet och vårt lilla land Sverige. Även utrikesministern skulle resa dit. Varför då? Vem i Sverige hade bett om det? Ingen, så någon annan måste ha bett dem göra det. Vem skulle tjäna på det?

Sovjet. Alla vägar leder tydligen till Moskva. Och Moskva ville ha "kommunist-listan".

5 februari 1986. Ny order

Radiotrafiken från Sovjet mot Sverige var mycket intensiv. Någonstans i myllret av sändningar kom kodade meddelanden med nya order från Moskva. I Röda Torget, Olegs bas, satt

Vlad och lödde på någon isärplockad apparat. Oleg stod i köket och skalade rödbetor. Alexej kom in genom ytterdörren.

"Tovarischi, om ni ville komma och lyssna en stund."

Alexej satte sig vid bordet, de andra satte sig runt honom.

"Var är Sergej?"

"Han duschar."

"Sergej gör sin tvåtimmarsdusch. Vattennivån i Baltiska sjön sjunker en meter när han duschar."

"Haha. Ja, vi väntar väl tills han är klar. Bra att vi har en säl i gruppen, ifall svenskarna skulle anfalla oss med en ubåt!" Sergej kom och satte sig.

"Det måste ske snarast. Målet ska möta ledaren om några veckor och kommer vilja diskutera kärnvapenfria zoner i Europa. Det börjar hända saker, de kanske skriver under något avtal, det kan bli förödande. Det skulle kunna leda till ett tredje världskrig. Men. Statsministern kanske hoppar av innan mötet med Gorbatjov. Vi har fått indikationer från mullvadar inom CIA att Palme planerar att resa till New York om några dagar. Vi har alltså order om att utföra uppdraget snarast. Vi försöker så fort det blir läge. När vi får ett läge ska målet "få en verkställande åtgärd", vad som än händer."

"Tovarisch Alexej, vill du presentera för hela gruppen vad du pratade med Moskva om?" sade Sergej.

"Ja precis. Vi har fått förstärkning, några operatörer från grupp Alfa är tilldelade operationen, de kommer vara stationerade här hos oss." Agenterna hade svårt att dölja sin stolthet. Grupp Alfa, de var idoler, rockstjärnor, hjältar. De var Sovjets bästa soldater. Och de skulle arbeta med dem!

"Igor heter deras gruppchef. De kommer imorgon och de kommer gå till aktion om Oleg inte lyckas med sin uppgift. Deras grupp får kodnamnet Blå på radion. Har ni klädesplagg att låna ut är det bra. Vi ska ställa i ordning sovplatser."

"Direktoratet verkar vara väldigt angelägna om att uppdraget lyckas!" sa Oleg.

"Tillbaka till operationen. Under operationen har vi två bilar utplacerade, ni vet var, inga ändringar där. Det kommer stå en Alfa vid Rådmansgatan och en vid Hötorget, liksom vid Gamla Stan som sista utväg. Deras ledare Igor kommer positioneras längs Sveavägen, som taktisk reserv, så att vi kan svara på oförutsedda händelser. Vart målet än går väntar vi på honom. Men vi utgår från att han tar sin vanliga väg hem. Det har han gjort, låt mig se, 47 gånger av de senaste 56 gångerna han promenerat hem, vi pratar om en sannolikhet på 84% chans att han väljer sin vanliga väg. Angående livvakterna så är det 3% chans att de är med honom."

Alexej tittade på kartan över Stockholm, där olika delar av staden var indelad i zoner.

"Begränsad radiotrafik. Vi kör med taxi-namnen som vanligt, om någon hör tror de att det är radiotrafik för taxi."

"En kontakt till mig på informationsinhämtningen komemr använda en agent som vilseledning, han kommer lura iväg spårhundarna från denna operation. Jag hörde att de tänkte lura svenskarna att en agent ville byta viktig information."

"Jag vet att vi klarar det, mina vänner. Om vi inte lyckas får de luftlandsätta en pansardivision framför målets hus." sade Oleg.

"Och de kommer börja med att skjuta oss!" skrattade Vlad. Oleg uppskattade Vlads bittra humor. Fast han hade nog rätt i det här fallet. Att misslyckas innebar i Sovjet en plågsam död i ett arbetsläger. Alexej höjde glaset för att skåla.

"Stalins hand kommer vägleda oss."

7 februari. Naganterna

En trälåda stod på vardagsrumsbordet. En efter en kom agenterna hem från sina arbeten. Alexej kom sist.

"Nu väntar vi bara på Igor och Alfa-killarna."

Just då knackade det på dörren. Oleg öppnade. I trappen stod fyra ryssar. Igor och de andra klev in i hallen, förbi en överraskad Oleg. Alexej tog till orda.

"Dabrå paszhalovat, välkommen Kapten! Vi har just fått ett paket, vill ni vara med och öppna det med oss?"

"För all del. Vi har just rest en miljon mil, men varför skulle vi hänga av oss jackorna?"

"Förlåt. Ska vi hjälpa herrarna med sina kläder och väskor. Är ni törstiga, hungriga?" Alexej skyndade ut i köket och kom tillbaka med en bricka med en träskål full med salt och bredvid låg några brödbitar. De nyanlända tog var sin brödbit och doppade i saltet varpå de slukade brödet. Det var en tradition att bjuda på bröd och salt.

"Det är en ära att få arbeta tillsammans med bröder ur Alfa." Alexej tittade på männen i Igors grupp.

"Vi kommer från Grupp Vympel."

"Vympel? Har jag aldrig hört talas om? Är det en ny enhet?"

"Vi skapade Vympel för några år sedan. De bästa av de bästa, de bästa ur Alfa-grupperna. Men ni har aldrig hört talas om enheten."

"Självklart. Jag hörde inget."

En stund senare hade nykomlingarna kommit tillrätta. Nu samlades man i vardagsrummet runt lådan.

"Nu har vi fått Naganterna, eller M/87:orna rättare sagt, svenskarna kallar dem för det. Vi öppnar dem och gör vapenvård. Och så delar vi ut ammunitionen så att alla får lika mycket. Han greppade en liten kofot, en sådan som de brukade använda för att göra inbrott i källarförråd. Den var välanvänd. Så bröt han upp plankorna som utgjorde locket på trälådan. Där låg ett dussin infettade revolvrar. Vackert. De var infettade med ett förrådsfett som skyddar från rost, man måste putsa bort det innan man använder vapnen. Han drog en genomskinlig plastpåse över handen för att inte söla ner sig och lyfte upp en revolver.

"Vackert va?"

"Strålande. Jag vill se ammunitionen nu."

"Ja, ammunitionen. Naturligtvis. Den ligger... den ligger... hm."

"Vi fick med ammunition?"

"Det verkar som att vi har ett litet obetydligt problem."

"Vi har inga kulor."

"Så är det. Jag ska ta kontakt med... Vi fixar kulor. De skulle ju ligga med här. Njet prablyem, njet prablyem."

9 februari. Ammunition

"Njet prablyem! Det är bara att åka och hämta". Ja, naturligtvis, men på någons vind. Det var så att det svenska försvaret delat ut flera tusen revolver M/87 till anställda på Televerket, Bofors, Posten, Husquarna och andra vapenfabriker och skyddsvärda delar av samhällets infrastruktur. Denna organisation kallades Verksskyddet. Agenterna hade fått information om en man som ingick i denna organisation, han var anställd som ingenjör på Bofors. De hade anlitat en inbrottsliga från sovjetrepubliken Georgien för att hjälpa till med att göra "ett bryt", eller ett "intjack" på kriminell slang. Inbrottsligan skulle i förväg reka när husets ägare inte var hemma och allt sånt. Tjuvarna hade stämt träff med Alexej, Oleg och Tank vid tio-tiden på kvällen. Igor, Vympel-kaptenen, var också med. Inför Operation Stalins Hand var det viktigt att man tränade på att genomföra operationer tillsammans och att svetsas samman. De fick dock inte vara för många ute på uppdrag samtidigt så de bjöd med en Vympel åt gången.

Husets innevånare var inte hemma, inbrottsligan hade fått klart för sig att de farit på semester, det var alltså dags att göra inbrott. Platsen låg några mil utanför Stockholm, ute på landet. Bra. De kom fram till det röda tvåvåningshuset och körde in på parkeringen. Huset låg lite avskilt, inga grannar såg dem. De klev ur och gick fram mot huset. En tjuv klättrade upp på taket, klämde sig vigt in genom ett badrumsfönster på övervåningen som han bröt upp med en kofot. Georgiern kom ner och öppnade ytterdörren. Gruppen klev in och tog sig till vinden. Det var en stege man fällde ner. På vinden låg allehanda skräp, ett svart vapenskåp av järn samt några gröna trälådor. Med en kofot öppnades en trälåda. Ammunition. Man öppnade alla lådor, och hittade ammunition till revolver M/87.
En av georgierna höll plötsligt pekfingret framför munnen.
"En bil är på väg hit. Vi måste dra, davaj davaj! Skynda!"
Alexej drog sin pistol. En blå volvo parkerade vid garaget. Den stannade men motorn var igång. Den började rulla bakåt.
-Pang! Pang!- Alexej sprang ut mot bilen och sköt genom vindrutan. Oleg sprang också fram till bilen, avlossade några skott mot föraren och dennes fru i passagerarsätet. Alexej sa åt alla att följa med in i huset.
"Röj runt med allt, få det att se ut som ett inbrott. Vält alla böcker, dra ut alla lådor. Snabbt! Just det, ta gubbens och

tantens plånböcker. De är i deras bil. Georgierna kan få allt".
De tände eld på huset.

De hoppade in i sina bilar och körde iväg. De körde på en enkel väg bland fält och åkrar. Två polisbilar var på väg emot dem. De dundrade förbi och tvärnitade. De svängde och började följa efter agenternas och tjuvarnas bilar. Alexej lutade sig ut bakåt genom vindrutan och sköt några skott mot poliserna. Dessa saktade in. Snart kom man upp på motorvägen och de två bilarna försvann bland hundratals andra bilar. De två polisbilarna skyndade framåt med sirener och blåljus.

I en vit volvo satt två män. Radion spelade en snabb irländsk reel på tin whistle, gitarr och fiol. Green fields of Glentown, Liams favorit. När de två polisbilarna dundrade förbi dem ryckte de till.
"Fuck man, I didn't see them coming."
"Are they on to us? Är det oss de letar efter?"
"Bibehåll farten. Vi avbryter och vänder." Mannen höjde en walkie-talkie mot munnen.
"Threigean. Avbryt." En röst svarade för att konfirmera att meddelandet uppfattats.
"Threigean."
-Klick-
Liam och hans farbror Duncan vände om tillbaka mot Stockholm vid nästa avfart. 500 meter framför dem hade spaningsbilen redan vänt. De tog inga risker. De hade bakluckan fullastad med sovjetiska pistoler och tillhörande ammunition som skulle fraktas till "den gröna ön".

Agenterna kom fram till ett grustag någon mil därifrån. Alexej, Oleg och Igor klev ur sin bil och gick fram till tjuvarnas bil. Man

141

sköt dem genom sidorutorna. Oleg hämtade en dunk bensin i bagageutrymmet och hällde bensin i bilen, varefter han tände på. Sedan åkte de hem till basen. Ett väl utfört uppdrag.

11 februari. Tillslag

Katja kom hem på kvällen. Hon gick uppför trappen, låste upp dörren och klev in i sin lägenhet. Hon lade kläder och väskor i hallen. Hon gick till duschen och klädde av sig. En varm dusch var välkommet efter en arbetsdag i kassan på ett café i Gamla Stan. Efter duschen gick hon till köket. Det ringde på dörren. Hon gick och öppnade, det var hennes kille, Mats. En svensk. Det var inte tillåtet men man måste få leva sitt liv också. De kramade om varandra.

"Känn dig som hemma älskling. Jag gör lite att äta."

Mats gick till vardagsrummet och slog sig ner i soffan. Katja gick till köket och började förbereda mackor, oliver, lite kyckling från gårdagen. Då ringde det på dörren. Katja frös till. Vem var det? Var det någon av Alexejs agenter? Men de hade inte möte nu. Det knackade på dörren. Hon gick fram till dörren för att titta i kikhålet.

-Pang!- Ett skott gick genom dörren och in i lägenheten. Katja träffades i sidan av magen. Dörren bröts upp av en stor kofot. In klev några män med rånarluvor. Jason drog av sig sin rånarluva och siktade på Katja som låg på hallgolvet.

-Pang!- Ett skott i hjärtat. Männen gick vidare in i lägenheten. Mats låg och skakade bakom soffan.

-Pang! Pang!- Jason drog några skott i honom. Tre män sökte igenom lägenheten. Det fanns inga andra där. Jason och männen lämnade platsen.

Några timmar senare. Kylig februarinatt. I gatlyktornas sken kunde man se att det snöade lätt. En brun Volvo 240 stannade utanför trappuppgången till Katjas lägenhet. Det stod några polisbilar utanför samt en parkerad ambulans. Håkan klev ur bilen och gick uppför trappen. Det stod en brottsplatstekniker med brun skjorta och jeans och skrev på ett block utanför lägenheten högst upp. Håkan drog på sig plastskydd på skorna och tog på sig gummihandskar och en plastmössa. Han nickade åt teknikern som hälsning. Han klev in och mötte med blicken de kriminaltekniker som arbetade med att analysera brottsplatsen. En död kvinna låg ihjälskjuten i hallen. En tekniker pekade mot sovrummet. Det låg en Kalasjnikov på golvet, den var inlindad i en stor handduk och ett lakan. Håkan gick till vardagsrummet. Där låg en man ihjälskjuten, och där låg även ett band med kulor till en kulspruta inlindad i lakanstyg framför en öppen byrå. En kriminaltekniker kom fram till Håkan.

"Ja vad har vi här då? Ryssar. Tungt beväpnade med militära vapen. Vi tänkte att det kanske var något för er."

"Ja det verkar så. ID på offren?"

"Fejkade pass. Kvinnan är öststat, det ser man, och mannen är svensk. Mats Johansson. Arbetar på UD. Inte vältränad så då är han väl tjänsteman."

"Joråsatt, det brukar vara så." svarade Håkan.

"Då ser man genast vad som hänt här. Glöm hennes identitet, den kommer vi aldrig få reda på. Men det vore väldigt intressant med alla typer av observationer från folk i grannskapet."

"Mm."

"Verkar ha gått hett till. Nån idé om vem som fick dem?"

"Tomhylsor från ammunition till Glock. Grannarna hörde några män. Dörrknackning har inte gett någonting. Jag har penslat hela klabbet, inga fingeravtryck. De verkar bara ha kommit hit och skjutit offren och sedan stuckit. De har inte rotat runt eller stulit någonting. Vad tror du?"

"CIA eliminerade en KGB-cell. Har hänt förr."

"Jaha, ja det var något åt det hållet jag tänkte mig. Det var därför jag ringde dig. Skynda dig att kolla runt innan det kommer fler tekniker och så. När som helst lär pressen dyka upp. Förresten, kika i hennes garderob. En massa manskläder. Sminklådan har en massa sorts make-up för att förklä folk. Ser ut som en jävla filminspelning."

"Intressant. Mycket intressant. Förklädnader. Militära vapen. CIA eliminerar. Då vet vi vad vi har att göra med här. KGB."

"Håkan, jag tror du är skyldig mig en plankstek på Gröna Jägaren."

"Vi säger plankstek och en cigarr. Tror vi har en fin fångst här serru."

13 februari. Sovjets ambassad

Alexej fick under kvällen ett telefonsamtal. "Möte vid biljardhallen om en timme". Det betydde att en agent i KGB-organisationen önskade träffa honom. Alexej hade en blat, eller hemlig kontakt med kodnamn Arnold, någon som säkert var viktig. Man hade en mängd förutbestämda platser och de hade egna kodnamn, så att ingen skulle kunna lista ut var de låg genom att avlyssna telefonen. Alexej begav sig av. Han körde iväg i sin Citroën DS och körde runt i trettio minuter

144

på slumpvis utvalda vägar. Han var inte förföljd. Han kom fram till platsen som bar kodnamnet Biljardhallen, som var en golfklubb i Kungsängen. Han mötte en vän, en vapenbroder från Afghanistan, numera underrättelseofficer på Sovjets ambassad.

"En av våra agenter är övervakad och det är uppenbart att svenskarna försöker värva honom som dubbelagent. Jag tänkte vi skulle lära dem en läxa."

"Jag förstår. Vad kan jag göra för dig?"

"Vi låter dem tro att de lyckas värva officeren men samtidigt klipper vi en av deras agenter eller något liknande. Något som får dem att sluta leka med elden."

"Ge mig en signal när du behöver något. Vi stöder dig naturligtvis."

"Och så var det en annan sak. Jag tror detta kan intressera dig."

Mannen sköt en boll. Han var en riktigt usel golfspelare. Ryssar spelade bandy och hockey.

"Den svenska statsministern besökte ambassaden tidigare idag. Jag tänkte att det kan intressera dig."

"Tack, Tovarisch. Ja det är ju intressant."

Alexej kom tillbaka till Röda Torget efter två timmar.

"Tovarischi, vill ni komma en stund? Jag har lite ny information."

De andra kom och satte sig.

"Målet gick hem från arbetet 12:35 idag. Utan livvakter. De kom sedan och hämtade honom för att köra honom till Sovjets ambassad. Han stannade där en timme. Han blev skjutsad dit av sina livvakter men gick in själv. Vi har ju ingen kontakt på ambassaden officiellt, men egentligen har vi ju lite diskret kontakt. Ambassaden vill inte lämna ut information till oss, de är inte medvetna om vårt uppdrag. Men jag har en gammal vän på ambassaden. Han lyckades tjuvlyssna och höra att målet bestämt träff med någon från ambassaden, då han inte kan åka dit för ofta. Officiellt var han där för att höra hur planerna går inför hans möte med Gorbatjov. Samtidigt har han alltså öppnat en hemlig förbindelse med ambassaden, som inte ens hans livvakter vet om."

"Hämtade han någonting i hemmet innan han blev hämtad av livvakterna och åkte till ambassaden?" undrade Oleg.

"Det kan ha varit en superhemlig ritning till en kärnvapenrobot eller ett par raggsockor. Vi vet inte. Det är inte säkert att det just var någonting hemligt. Han hämtade nog någonting i alla fall. Annars hade han åkt direkt till ambassaden med sina livvakter."

Alexej fortsatte genomgången.

"Gorbatjov lät tydligen meddela att han går med på att göra tillfälligt halt med provsprängningar, och var välvilligt inställd till den kärnvapenfria zonen i Europa."

"Det kan man ju föreställa sig."

"Statsministern stämde alltså även träff med någon. Det är så att våra spioner på Säpo har meddelat att de säpomän som privat och olagligt skuggar och avlyssnar statsministern har fått kännedom om mötet. De ska försöka arrestera statsministern. Ta honom på bar gärning. Vi måste slå till, om vi inte lyckas med Olegs metod. Vi kan tänkas behöva skjuta även KGB-agenten han kommer möta, då denne inte är informerad om vårt uppdrag. Det är väl en underrättelseofficer från ambassaden. Statsministern får inte arresteras, han vet allt om Sovjets planer. Därför föreslår jag att vi skuggar målet ganska intensivt närmsta veckorna. Vi fattar ju ett sånt beslut kollektivt men det är mitt förslag."

Senare samma kväll.

"Målet är ikväll på restaurang i Gamla Stan, tillsammans med sin fru och en av sina söner. De sitter på Café de la Paix, i Gamla Stan. Tyska Brinken. De är inte skuggade. En frivillig för att gå dit efter att de lämnat stället. Gå igenom väggar, under bord, på toaletterna, bakom saker. Kolla så att det inte finns någonting skrivet eller lappar fastsatta med ett tuggummi. Sergej, jag tycker du sitter där och ser jävligt frivillig ut."

"Kul, Tovarisch Kapitan. Visst jag går, inga problem. Hit med pengar till tunnelbanebiljetter, har bara fem kuponger kvar."

"Ska du förbi malmskillnadsgatan följer jag med!" Sa Tank.

14 februari. Vladimir

Vlad var borta. Alexej hade skickat honom för att lämna ett RPG raketgevär och några handgranater på ett säkert ställe, ett lager som sköttes av ett serbiskt kriminellt nätverk. Det fungerade så att vapensäljaren levererade vapnen till förrådet, köparen hämtade senare leveransen. Köpare och säljare visste inte vem den andre var, det var säkrare för alla. Speciellt om både köpare och säljare kom till platsen i hyrda skåpbilar eller lastbilar. För utomstående såg det ut som ett helt vanligt import/exportföretag i ett industriområde. Det serbiska nätverket arbetade för KGB utan att veta om det, de trodde att Alexej och agenterna var tjeckiska vapensmugglare. Vilket de var, även om de inte var tjecker.

"Har han hoppat av? Blivit arresterad?" Oleg frågade Alexej men han ville inte riktigt höra något svar.

"Inte Vlad. Han är inte typen som skulle hoppa av. Vi åker till serberna. Stridsutrustning på. Ta med mat, sjukvårdsutrustning. Handgranater. Tårgas. Kolla magasinen. En dunk bensin. Verkställ!"

Oleg såg på Alexej.
"Du vet att Vlad tar heroin? Han knarkar."
"Jag vet. Det är ett problem. Vafan ska jag göra?"

Agenterna kom fram till serbernas förråd, ett garage som låg lite avlägset till i ett industriområde. De andra klev ur bilen och låtsades vara uttråkade arbetare. Igor var med dem. Alexej gick fram till garageporten och knackade.
"Hallå? Någon här? Tjena!" Inget svar. Garageporten var stängd men inte låst. Alexej tittade på de andra. Dessa förstod att det var något.
"Fan! Precis vad vi behöver."
"Vart fan är serberna? "
"Ja, vart fan är Davor."
"Ingen här. Det är något som inte stämmer. Vi drar!" De hoppade in i bilen och lämnade området. De var inte jagade av polisen i alla fall. Men någonting hade hänt. Hade polisen gjort tillslag mot serbernas lager? Hade säkerhetspolisen fotat Alexejs bil och agenterna när de klivit ur bilen?
"Vi åker till Davor. Vi måste veta om polisen eller säkerhetspolisen är oss på spåret."
Sergej berättade för Oleg:
"Serberna har en villa utanför Stockholm."
Davor bodde med sitt gäng i ett hus i Nacka utanför Stockholm. Agenterna körde dit via en halvtimmes omvägar. Man ville vara säker på att inte vara skuggad. De kom fram på natten. Bilen stannade framför ytterdörren till den mörkröda

enplansvillan. Alexej ringde på, och ställde sig bredvid dörren, i skydd av väggen.

-Pang!-

Någon sköt ett skotthål i dörren från insidan, så att en ljusstråle sköt ut, då lyset var tänt inomhus. Tank krossade en ruta och kastade in en tårgasgranat. Ytterdörren öppnades. Ut sprang fyra män. Agenterna slog dem till marken och gick lös på dem med nävar och sparkar. Man riktade pistolerna mot männen på marken som såg vettskrämda ut. Oleg gick fram till en och skar halsen av honom. Alexej väste åt de övriga:

"Var är mannen som kom till lagret igår? Var är vår vän?" Tank gick fram till en av dem och tryckte in en glasbit i munnen på honom.

"Suka, jag ska krossa varje ben i dig, Dorak!"

"Lugn, Tank!" Alexej försökte lugna honom.

"Vilket ord är det du inte fattar? Ut med språket! Vart är vår kamrat?"

"Han är död. Ni måste tro oss det var inte vi som gjorde det! Det var inte vi! Bängen dök upp och det sköts! Er vän dog, vi var tvungna att dra därifrån." Davor såg bönande på agenterna.

"Vilka fan är ni? Vi.. vi... vi är med ryssarna. Vi arbetar för ryssarna! De kommer bli förbannade!"

"Det är jag säker på. Tovarisch!""
Alexej såg de andra i ögonen och nickade. De skar halsen av de sittande männen, men inte Davor. Davor såg sina kamrater dö i kaskader av blod.

"Dasvidanja!"
De bar in liken i huset. Alexej gick tillbaka till bilen och hämtade en bensindunk. De tömde dunken på golvet och på väggarna inne i huset. Sedan tände de på.

"Ni killar är ju helt psycho. Elda upp ett så fint hus!" sa Igor. Det var nog ett skämt, men alla var upptagna, det var inte läge att skratta. När de satte sig i bilen och åkte därifrån sa Alexej:

"Vad i hela helvete gör vi nu?" Alexej brukade vara lugn men nu var det panik i hans röst.

"Vi löser uppdraget" sa Igor.

"Nu ska vi visa Igor hur vi löser våra uppdrag. Eller vad säger ni, kamrater?" sa Alexej.

Två timmar senare.

En blå volvo 240 stod och brummade på tomgång några hundra meter norr om Finn Malmgrens Plan i Hammarbyhöjden, söder om Stockholm. Davor satt fastspänd med silvertejp och rep i förarsätet. Han kunde bara röra en arm som satt fastbunden på ratten.

"Dasvidanja, Dorak!" sa Alexej och spottade i luften mot Davor.

Agenterna stod runt bilen. Alexej drog undan träklossen som hållit nere kopplingen och bilen rusade framåt. Davor styrde rakt fram, bilen dundrade förbi torget. Bilen rusade snabbt framåt längs Finn Malmgrens väg och efter en kilometers rally genom lugna bostadsområden kraschade bilen in i en två meter hög lodrät klippvägg där vägen plötsligt fick ett abrupt slut. Bilen mosades mot klippväggen. Hämnden var ljuvlig och bitter.

Samma kväll satt Igor och Alexej och diskuterade vid köksbordet på basen. De andra kontrollerade utrustning och batterier. Man gjorde vapenvård på sina revolvrar och pistoler.

"Jag förstår att det är komplicerat för er. Det är mycket tråkigt att er vän stupade. Men du måste förstå, vi måste ha våra ljuddämpare om vi ska skjuta statsministern mitt i stadens centrum. Det har jag nämnt för Direktoratet, de tyckte det var lämpligt. Det är alltså så det kommer vara. Så vi måste ha de där kulorna. Du får säga om ni inte kommer klara av att få fram dem. Du vet vad som händer oss alla om Direktoratet börjar tvivla på vår effektivitet." Ja, det visste Alexej. Gulag om de har tur och får leva så länge. Kanske även för deras familjer. Alexej stod hierarkiskt sett tusen nivåer under Direktoratet. Igor däremot tog order direkt av KGB:s högsta ledning. Detta följde Sun Tzu:s doktrin om att generalerna skall hålla sina spioner så nära som möjligt, för att de är insatta i arméns djupaste hemligheter och planer, för att de inte ska bli förrädare, och för att de är det bästa personskyddet mot fiendens spioner. Shinobi, eller ninjorna i feodaltidens Japan, vilka följde Sun Tzu:s doktriner, var inte bara genomgående samurajer, de var ofta befäl över enheter med samurajer och till och med generaler i de olika samuraj-arméerna.

"Vi löser det. Eller hur, Tovarischi?"

"Jests! Ja kapten!"

De ordnade en avskedsceremoni för sin stupade vän. De hade blivit som bröder. Som en familj. Alexej erbjöd en skål.

"En skål för Lenin. Och en skål för Vlad, Tovarisch, du stupade för alla socialistiska folk och för Faderlandet. Och en skål för partiet. Vlad, min broder, man kommer hänga upp ditt porträtt på sorgeväggen i Lubyanka. Din tavla kommer hänga bredvid Nikolaj, Pavel, Konstantin och de andra."

Alexej grät.

"Vi ses en dag min vän."

14 februari. Sovjets ambassad: Ett spår för CIA

Jason var ute och handlade en ny kostym då biltelefonen ringde. En röst talade.

"Jag hörde just att svenske statsministern besökte sovjetiska ambassaden igår. En av våra "sleepers" hörde det."

"Ok nice, vad vet vi mer?"

"Gorbatjov lät meddela att Sovjet skulle gå med på att stoppa alla provsprängningar och var inställda på att driva igenom den kärnvapenfria zonen."

"Jaha, ja det kan man ju föreställa sig."

"Han hörde även att statsministern bestämde möte med någon om några dagar. De skrev dock tid och plats på ett papper."

"Intressant! Någonting secret alltså. Vi får bevaka honom dygnet runt. Alla resurser på det."

Sedan lade han tillbaka luren på biltelefonen som satt till höger om förarsätet bakom växelspaken.

"Vi kanske har tränat honom lite för väl." sa Jason till sig själv. Det var rutinerat av statsministern att inte diskutera mötesplatsen utan bara skriva ner den.

15 februari. Brush pass?

Olof Palme promenerade återigen över bron mot Sergels torg. Han tog till höger vid Klarabergsgatan och hamnade vid Sergels torg. Han svängde vänster ut på Sveavägen och gick till höger, det vill säga den östra trottoaren. Han gick förbi

Dekorima, Skandiahuset och kom efter en stund fram till Socialdemokraternas partihögkvarter vid Sveavägen 68. Tre timmar senare gick han tillbaka samma väg och fortsatte förbi Rosenbad och vidare till sin lägenhet på Västerlånggatan i Gamla stan. Han märkte inte att han var skuggad.

Tid för hämnd

Oleg kom fram till en port. Det fanns en portkod på höger sida. Han andades ut på portkoden och av ångan framträdde tydligt att endast fyra av knapparna användes. Han började trycka snabbt och intensivt slumpmässigt på de fyra knapparna. Efter någon minut lyste en grön lampa och portens lås gav ifrån sig ett klick. Dörren var upplåst. Oleg gick långsamt in och klev ljudlöst upp för trappen.

Amerikanen Jeff Carlson klev ur taxin som fört honom från amerikanska ambassaden till hans tjänstebostad vid Gärdet i Stockholm. Han klev ur taxin i vinternatten och skuttade till sin port, samtidigt som han drog trenchcoaten om sig. Äntligen hemma. Nu skulle han ta en varm dusch. Det var fest på franska ambassaden senare under kvällen. Jeff traskade upp för trappen till nästa våning. Halvvägs mellan våningarna möttes han av en man i grå kläder, mannen drog fram ett rör och blåste ett moln av droppar i ansiktet på amerikanen. Den okände mannen skyndade vidare utan att vända sig om. Jeff var död en minut senare. Hjärtattack. Mycket tragiskt. Jason förstod dock vad som hade hänt.

Kapitel 14. Landsförrädare.

Leva och låta dö

"Karl, jag måste prata med dig." Rösten i telefonen var allvarlig. Det var Karls kollega Erland. "Sväng förbi och berätta." En stund senare kom Erland in på Karls kontor. "Jag hörde av en gammal kollega, en vän, som är i yttre tjänst. Han är med i nätverket. Bra kille." Karl lyssnade ödmjukt. Det verkade vara känsligt. Bäst att öppna sig och låta sin vän berätta allt.

"En snut har fått tuppjuck. Han dillar om att knäppa Palme. Han verkar helt besatt. Så min vän kontaktade mig om saken. Det kan ju slå slint liksom."

"Jag förstår. Och vad kan ligga bakom den här personens starka känslor?"

"Någon ska ha satt på hans dotter. I bordellsammanhang, för länge sen. Sjuttitalet. Det här är ju länge sen, jag menar, tiderna har förändrats."

"Jag förstår. Och detta blir en eld som brinner inom honom och kommer förr eller senare explodera. Jag förstår honom."

"Nu står vi inför ett val. Karl. Antingen stoppar vi honom nu, och han får en lugnare tjänst uppe i Jockmock, eller så låter vi honom göra det han avser göra med statsministern. Rent filosofiskt är det nu vi som avgör hans öde."

"Jag skulle aldrig tillåta mig själv att tänka såna... men så är det nog." Karl funderade.

"Span har sett en hel del folk som verkar bevaka Palme. De står på kö i gathörnen för att mörda honom."

"Så väldigt bekymmersamt." svarade Karl.

"Vi skulle aldrig tveka att rusa till Ledarens undsättning. Vi skulle inte bara sitta på avbytarbänken och se på, när saker sker."

15 februari. Gamla vänner

Oleg följde med Alexej för att träffa en "blat", eller hemlig kontakt. En belgisk legosoldat som Alexej hade utbildat i Libyen när han var instruktör för IRA och PKK-styrkor.

De möttes på ett hotell, och satt avskilt i den i övrigt tomma hotellbaren.

Samtalet fördes på engelska.

"Det var länge sen, Pierre!"

"Kul att ses efter alla år. Du ser frisk ut."

"Fyllde igen skotthålen hehe."

"Du, Anatoly, jag har en sak att prata med dig om."

Alexej kallade sig tydligen för Anatoly på den tiden.

"Man har erbjudit mig pengar för att tysta en viss svensk personlighet."

Han skrev ett namn på en liten skrynklig papperslapp. Det var målets namn.

Alexej funderade.

"Vem är "vi"?"

"En av de gamla vanliga bokstavsorganisationerna. Jag ska ge en ledtråd: Det börjar på C, slutar på A, och så är det ett I någonstans i mitten".

"Fascisterna, ja vilka annars?".

155

"Jänkarna tror att killen kommer bli vald till FN:s direktör eller nåt. Och tydligen är det inte ok för USA. Så de vill ha bort honom innan han blir internationell, flyttar utomlands, kanske till New York."

Alexej såg på Oleg.

"2 miljoner dollar ger dom. Jag tog inte jobbet. För farligt att arbeta för dem. De får väl för sig att tysta alla inblandade efteråt, och dom finns överallt, man kan liksom inte gömma sig. Men han som erbjöd mig jobbet kommer erbjuda det till andra duktiga jobbare. Svenskar, sydafrikaner, belgare, tyskar."

"Jag uppskattar verkligen att du berättade det här. Men du vet, jag är inte bankir, hur kan jag göra dig en gentjänst?"

"Jag tror jag vet en som kommer nappa på jobberbjudandet. Det är en gammal "ovän" till mig. En sydafrikan. Butch Logan. Jag har ett problem. Han har för mycket farlig info om mig, han kommer berätta om mig när han åker fast efter jobbet. Ni vill inte att han gör jobbet. Och jag vill att han försvinner. Jag kan ge dig hans adress. Eller ännu bättre, jag kan få honom att stämma träff med dig. Jag säger att du har ett jobb åt honom."

"Vi säger så, min vän. Oleg, du går i mitt ställe. Den där Butch är ett vått jobb."

"Jests! Ja kapten." sa Oleg lugnt.

"Men ikväll ska vi öva oss på att skjuta med Nagant."

16 februari. Skjutbanan

På kvällen hade agenterna rest till en avlägsen skog söder om Stockholm där en KGB-agent ägde ett hus, ett safe house för olika KGB-nätverk i landet. I husets stora källare hade man inrett en skjutbana för agenter. Ingen var där, Alexej visste att det låg en nyckel i ett hål i ett träd nära huset, så han tog nyckeln, låste upp och vinkade åt de övriga som väntat i bilarna. De klev så ur bilarna och hämtade tunga sportbagar från bakluckorna och klev in i huset.

En stund senare befann de sig på den underjordiska skjutbanan. En palett av olika vapen låg uppradade på ett bord. Några soffor stod längs ena väggen. En flaska vodka och en tub med vita plastmuggar gjorde scenen komplett. Allt de behövde var på plats. Tjugo meter bort, i andra änden av källaren, stod flera måltavlor i helfigur. De föreställde arga ryska soldater och de kom från den svenska armén.

"Här blir inga barn gjorda. Vi måste framåt, proletärer. Tank, drick ett järn och riv av en salva, så vi får se vad de här läckerheterna går för! Titta här!" Alexej hängde upp ett papper med statsministerns ansikte ritat med spritpenna. Det var ändå hyffsat likt."

"Vilken tjusig delfin!"

"Det är statsministern."

"Det är ju en delfin. Titta killar." De började skratta.

"Tank, ska du verkligen skjuta en delfin? Har du inget hjärta? Haha!"

"Lyssna inte på dem, det är en amerikansk fascistdelfin, skjut den jäveln! Hahahaha!"

"Det är den jävla statsministern!"

"Jests! Ja, kapten." Tank tömde en ask patroner på bordet och började pilla in dem i sin revolvers trumma. Han siktade mot måltavlorna.

-Pang! Pang! Pang! Pang! Pang! Pang!-

Så lade han ner revolvern på bordet och gick och satte sig i en soffa. Oleg gick fram till måltavlorna. Strax ropade han till de övriga.

"Jag tror vi har ännu ett litet obetydligt problem. Det är, öh, inga hål i måltavlan." De hade bara fått tag på lös övningsammunition!

"Alexej, vad gör vi?" Tank reste sig.

"Det här kunde man väl räkna ut. Det är oerhört! Vad var det jag sa! Vi skulle klippa gubben med en jävla pistol, eller ett hagelgevär. Jag skulle kunna ha ihjäl honom med en skruvmejsel. Det här hade inte hänt i GRU! Jag går och lägger mig. Hitta på en ny plan."

"Men Tank, jag skiter väl i ditt GRU. De fick inte det här uppdraget, ditt söta lilla GRU."

"De där från GRU har ändå aldrig gillat delfiner."

"Käften! Bliat!" Alexej såg vilsen ut.

"Ja... ja, vadå? Jag måste tänka." Och så gjorde han vad en skicklig ledare i en besvärande situation bör göra för att lugna gruppen och inspirera den till att lösa problemet. Han vände ryggen mot de andra och tog en klunk vodka ur sin plastmugg. Han skulle uppträda som en härförare. Som kejsar Augustus, vid... Han tog upp en stilett ur bakfickan. Han tryckte ut bladet. Tryckte in det. Ut. In. Det var en bra kniv. Inte så bra att skära äppelbitar med. Var det hockey på TV ikväll? Ibland var det bara så knepigt att leda en operation. Kunde inte alla... bara försvinna? Han måste tänka. Nu satt de verkligen i skiten. De behövde sådana där satans kulor. Varför hade man lovat det? Jävla skitrevolvrar! Deras karriärer inom KGB stod på spel. Deras liv med.

"Alexej. Alexej." Oleg försökte få kontakt.

"Alexej. Fokus. Vi måste lösa det här."

"Ja. Ja, det går bra. Charaschå. Jag måste fundera."

Tank muttrade och gick iväg.

"Ring Pravda! Världskommunismen är räddad! Nattens riddare ska eliminera fascisternas ledare med en oladdad revolver. Vem vet, om vi kastar den på honom kanske han plockar upp den från marken och halkar och slår huvudet i asfalten. Värt att prova."

"Värt att hålla käften."

"Ja, jag håller käften. Jag är så jävla glad att det här inte är min skit."

"Du sitter i skiten med oss. Så tjena. Bara att böja sig framåt och dra ner byxorna och ta emot den, precis som oss andra."

En stund senare satt de i bilen på väg hem. Ingen sa något. En och annan kanske skulle vilja prata men stämningen var så tryckt att man kunde skära den med en spetsnazkniv.

"Vi skulle ha en jävla flummig trollkarl som dök upp från ingenstans och trollade fram lite vapen. Har du inte någon "blat", en kontakt med någon fixare som kan trolla med knäna?" Alexej stirrade rakt fram längs vägen. Så tryckte han in kassetten i kassettbandspelaren till höger om förarsätet. Musiken började spelas upp. Det var låten Rocky Road to Dublin, och Luke Kellys höga röst och banjo ekade i bilen. Alexej började skratta. De andra brast också ut i skratt. Till och med Tank skrattade, i alla fall en stund när de andra inte såg. Hur som helst så var agenterna uppe på banan igen. Så klart att de kunde fixa ammunition! Irländarna! Vad kunde gå fel nu?

Kapitel 15. Irländarna.

Alexej och Oleg skulle ta kontakt med irländarna. De kunde dock inte bara dundra in på närmsta irländska pub som ett gäng turister och fråga efter skjutvapen. De måste ta omvägen via hemliga kontakter, för att inte bli observerade av spionerna från brittiska MI5. De körde till Zeke's Bar i Södertälje hamn. Det var en liten pub där klientelen var sådan som mest var vaken på natten. Där fanns MC-gäng, tjuvar, rånare och andra kategorier av personer man inte vill möta i en mörk gränd. Agenterna steg in. Det spelades Iron Maiden i högtalarna, det var rökigt och samtalen var lågmälda. Folk spelade biljard eller satt i bås med bänkar och bord och drack öl. Alexej gick fram till bartendern, en långhårig man med glasögon och Iron Maiden-tshirt. Han såg först inte vem det var som gick fram till baren men när han höjde blicken kände han igen Alexej. Han låtsades som ingenting.

"Vad blir det ikväll?"
"Det vanliga, Harry."
"Samma åt din vän?"
"Samma. Tack."

Harry hällde upp två Guinness och två stycken sexor Grant's whisky.

"Det finns lediga platser vid bordet vid toaletterna."
"Tack."

Alexej och Oleg fick vänta medan Harry fyllde på glasen allteftersom skummet lade sig. Efter några minuter var deras Guinness serverade. De gick mot det anvisade bordet vid fönstret nära toaletterna. En tjock man med långt grått skägg och skinnpaj knuffade till Oleg. Alexej vände sig om. Det skulle bli bråk. Det var dags att de-eskalera, även om både Alexej och Oleg hade kunnat döda mannen med sina bara händer. Alexej ställde sig rakt mot mannen, med händerna utåt. En neutral position som inte affischerade aggressivitet eller offermentalitet.

"Förlåt min klumpige vän här, han råkade stöta till dig. Är det ok?"

Mannen blängde först på Alexej, sedan på Oleg. Sedan gick han vidare mot baren. En viktig färdighet för en agent var att kunna snacka sig ur situationer. De fick under inga omständigheter bli arresterade eller kontrollerade av polisen. De befann sig i landet illegalt. Skulle de bli avslöjade som agenter och hemskickade till Sovjet väntade Gulag. De satte sig vid bordet. Efter 20 minuter kom en man i jeansjacka och satte sig vid bordet.

"Hej min vän."

"Hej Anatoly. Kul att se dig. Hörde att du behövde snacka, my friend."

"Ja kan vi snacka ostört?"

"Come with me, lads."

Irländaren reste sig och gick mot baren, gick förbi den och ut. Han inväntade Alexej och Oleg som svepte sina Guinness. Whiskeyn var redan avverkad. De var ju för fan ryssar. När de kommit ut gick de mot en parkering. Irländaren gick fram till en bil och öppnade dörrarna. Alla klev in i bilen och irländaren startade motorn och körde iväg. De stannade efter en kvart vid ett skogsparti vid kanten till ett industriområde.

"Vi behöver någonting speciellt, och vi undrar om du kan hjälpa oss finna det."

"Jag ska försöka. Du, jag fick just in ett parti UZI. Fyra stycken. 2000 skott. 20 lakan. Vad säger du?"

"Låter bra men vi behöver ammunition till en viss typ av revolver. Den svenska Revolver M/87. 7,5 mm. Bly eller kopparmantlad. Vi skulle behöva 150 kulor. 15 lax. Det är bra betalt."

"Oj. Hm. Du, jag kan höra mig för. Kan du vänta till imorgon?"

"Har vi nåt val?"

"Nä. Kan du gå till, du vet, *stället*?"

"Jag förstår. Ja vi kan ta oss dit imorgon kväll."

"Fine, lads. Jag hälsar att ni kommer. Hoppas de har vad ni letar efter. Jag kan tyvärr inte hjälpa er med det."

17 februari: Puben

Gamla Stan. Det var kväll och agenterna gick längs den mörka gränden. Det var runt noll grader och ett snöblandat regn segade sig ner mot de blöta kullerstenarna. De kom fram till en irländsk pub och gick in. Inne på puben var det rökigt och män stod vid ståbord med en öl framför sig. I högtalarna spelades irländsk musik. Farewell to Ireland, en pumpande snabb reel som hypnotiserade lyssnaren och kidnappade denne till Irland. Man klev in på en rökig pub och var plötsligt i ett böljande gräsbeklätt landskap. En liten scen var upplyst och där låg instrument. Ett band skulle spela senare under kvällen. En söt rödhårig servitris mötte deras blickar.

"How can I help you, sir?"

Alla vet att enbart en psykopat kan gå in på en irländsk pub utan att beställa en öl. Ett gäng ryssar som går in i en pub utan att köpa öl, det skulle uppmärksammas. Nu kunde de inte gärna låtsas vara något annat än ett gäng ryssar. Engelsmännen hade spioner från MI5 överallt där de kunde tänkas hitta spår efter IRA. Varenda fylltratt eller stammis kunde vara spion. Bäst att hålla en jävligt låg profil. Man hade kommit överens om en gemensam baseline.

En baseline är den bild man projicerar som smälter in mest i omgivningen. Man pratar högljutt eller lågmält, man står still eller flamsar beroende på situationen. Man smälter in om man bär hawaii-shorts när man är på en badstrand, och i jeansjacka när man är på en pub. Målet är att om man ber någon beskriva platsen, ska denne komma ihåg så få detaljer om en som möjligt, de ska helst inte ha märkt att man ens var där. Man ska inte lämna något signalement. Lönnmördare från KGB var experter på att inte synas. Det var själva essensen i detta hedervärda yrke. Och det var därför alla var rädda för en. Det är en primal instinkt för människan, till skillnad från djur som fruktar det som de ser eller känner lukten av: vi människor fruktar det vi inte ser. En sabeltandad tiger som lurar i buskarna om natten, eller lönnmördare från KGB som väntar på att man går förbi fel gathörn.

Agenterna låtsades vara ryska byggjobbare som sett en hockeymatch, de spelade glada och lätt berusade. En man i grå kavaj nickade åt Alexej. Båda gick till trappan till nedervåningen. Oleg följde med. De såg ett bord där några män spelade poker. En man vid bordet vinkade fram dem. Han hade rött hår och jeansskjorta, skinnväst och ring i örat. Alexej slog sig ner vid bordet. Oleg stod och väntade i bakgrunden, där även en irländare satt och betraktade en karta. Mannen gav Oleg ett flygblad. Oleg stoppade lappen i fickan.
"We can talk in English." Sade Alexej.
En man som satt bredvid mannen som vinkat fram agenterna sade på svenska, med irländsk accent:
"Och han vill inte prata engelska. Han pratar enbart Gaelic. Men ingen fara, man har informerat oss om ert ärende.

Och nu är det så att vi har en förfrågan, från några vänner. Vi tänkte oss en drop ship-operation. Ni får kulorna, vi får pengarna från er, och vi betalar för det vår vän efterfrågar, och ni levererar era varor direkt till denne."

"Låter komplicerat."

"Men det är så det kommer bli." Alexej tittade på Oleg. Allt blir alltid så flummigt med revolutionärer.

"Vi har 70 kulor. Vad tycker ni det kan vara värt, sir? Om 150 kulor var värda 15 lakan, och... nu finns det bara 70 kulor. Då borde de vara dubbelt så värda? Så priset ligger på samma nivå." Mannen tolkade mellan irländarnas ledare och Alexej.

"70 kulor, 8 lax."

"70, 10 lax."

"Done." Alexej såg inte nöjd ut, men han hade inget val. De måste köpa kulorna, genast.

"Finns det engelska agenter här?" Alexej bara sade någonting för att konversera, klart att det kryllade av spioner.

"Agenter? Du menar MI5? Scotland Yard? De har suttit och tjuvlyssnat i 800 år. Här är det säkert. Men de såg er komma ner hit. Nu är ni fucked, haha. Så vad har ni för erbjudande? Vad har ni att sälja?"

"Ett RPG raketgevär, tre raketer. 5 detonatorer? 30 lax."

Irländarnas ledare muttrade något till tolken:

"Tuilleas!"

"Har ni fler detonatorer?"

"Vi har fler detonatorer. 5 laxar per styck. Vi får ses igen inom kort. Har vi en deal?"

"Done! Ett nöje att göra affärer med er, sir. Det måste vara speciella kulor."

"Vilka kulor? Jag vet inte vad du pratar om. Vi har aldrig sett varandra. Vårt folk gör upp med ert folk om leveransen senare ikväll. Spasiba, lads." Irländarnas ledare skrev någonting på en papperslapp och räckte den åt Alexej. Det var en adress, där de skulle leverera RPG:n och detonatorerna.

Agenterna gick upp till de andra. Oleg slank in på toaletten och blötte händerna och låtsades som om han varit på toaletten och tvättat dem.

"Nu går vi vidare, jag är hungrig! Sen kommer vi tillbaka, haha!" En bargäst de gick förbi frågade:

"How was the match? Who won?"

"Russia! Russia win easy! Haha. No fun for you my friend."

De måste spela teater in i det sista, bäst att alla tror att de är ett gäng glada hockeyfans. De skyndade hem till hökis via någon timmes omvägar för att skaka av sig eventuella förföljare. Agenterna var lättade. Bäst att följa Direktoratets önskningar till punkt och pricka. Klart att det innebar en operativ risk att samarbeta med irländarna, men de var duktiga, de hade utkämpat ett gerillakrig i 800 hundra år mot de engelska imperialisterna. KGB hade i flera år hållit träningsläger för dem i Libyen, Khadaffi gillade nämligen att IRA skapade kaos i ärkefienden Englands bakgård. Söndra och härska.

20 februari: Politik

Alexej satt i vardagsrummet och åt på en hemmagjord kulebjaka, en pirog på surdegsbröd, med ett sovjetiskt tunt lager kokt köttfärs. Svensk köttfärs var dyr för ryska plånböcker. Oleg slog sig ned i soffan bredvid honom. Sergej hade översatt flygbladet Oleg fick av irländarna. Det stod:

"I den framtida Irländska Republiken kommer allt land ägt av den aristokrati som bor i London konfiskeras och delas upp mellan egendomslösa familjer och småbönder. All industri och allt jordbruk kommer styras av staten till förmån för arbetarna och jordbrukarna."

"Alexej, vad slåss irländarna om?"

"Det vanliga. Imperialism och folkutbyte. Engelsmännen tog Irland för tusen år sedan, konfiskerade mark, flyttade dit sitt folk och skottar, och alla som klagar är så kallade terrorister. Ingen som lever idag levde ju för tusen år sedan, så det finns liksom ingen skyldig, bara motsättningar och ett tusen år gammalt hat. Och det som den ene kallar terrorist kallas frihetskämpe av den andre. Deras revolutionära armé är socialistisk så vi hjälper dem. Jag har tränat många av deras rebellsoldater, eller terrorister som man säger. När engelsmännen hindrade tyskarna från att invadera var de hjältar, men när de själva invaderar Irland är irländarna terrorister. Var Churchill en terrorist? Hursomhelst, vi har gjort samma sak med Ukraina, baltländerna och alla länder runt Sovjet. Vi har flyttat dit ryssar. Räcker med att en generation ryssar föds och så är det en del av Ryssland."

"En riktig soppa allt det där. Vi har i alla fall våra order."

"Ja, ibland är man riktigt nöjd över att vara en hederlig arbetare som bara vill göra ett bra jobb. Inte fundera över politik. Maktgalna gubbar sitter vi makten i alla länder, alla tycker de är goda och deras motståndare onda, och de bråkar om makt, som i en sandlåda, och vi proletärer arbetar för att utföra deras önskan."

"Utom Lenin naturligtvis."

"Och Stalin."

"Alexej, du sa för ett tag sen att Stalin kanske inte var den mest effektiva ledaren i Sovjet".

"Jag svajar lite fram och tillbaka. Ibland tycker jag att han var bra, ibland lite mindre bra. Du vet, Lenin ändrade åsikt om vissa saker under sitt liv. Och han var den perfekta socialisten, alla älskar honom. Då har väl vi vanliga socialister också rätt att ändra oss lite om saker?"

"Sant. Världen är inte svartvit, det finns inte bara gott och ont, rätt och fel."

"Precis, Oleg. Ibland är Tovarisch Lenin den perfekta socialisten, ibland är Tovarisch Stalin det.

"Till skillnad från uppkomlingen Gorbatjov."

"Alltså han har vissa idéer som inte är helt dåliga. Han försätter visserligen Sovjet i en stor risk med sin Glasnost och Perestrojka. Men jag förstår att det kan vara dags att ge tidningarna lite mer frihet, folket skulle få lite luft till sina intellekt och skapa ny teknik och nya framsteg för Sovjet. För att förbättra Sovjet. Jag köper det resonemanget."

"Men ger man folket handen, vill de snart bita av hela armen".

"Precis. Det är det som är faran. Kommer Sovjet spricka som en ballong? Ett litet nålstick på ett ställe och så imploderar hela saken?"

"Det går inte att förneka att Karl Marx är den största ekonomen genom tiderna. Men nu har teknologin rusat iväg, och Sovjet halkar efter. Tiden är inne att förändra ekonomin."

"Förbättra, inte förändra."

"Just det."

"Planekonomin behöver förbättras. Jag har själv sett hur det kan spåra ur. En fabrik ska leverera traktorer till en nybyggd stad i Sibirien, och traktorerna kommer i tid, men i lösa delar, omonterade. Så folk uppe i Sibirien får sätta sig och lära sig hur man monterar ihop en traktor."

"Min kusin knegade på en fabrik som tillverkar TV-apparater. En dag var det inventering, och på lagret stod så många TV-apparater som det stod i inventarielistan. Men det var bara lådan, för innanmätet, själva apparaten, var inte ditmonterad.

"Det som skulle behövas är Raboti, mekaniska arbetare som arbetar i fabrikerna och monterar saker, så människorna kan koncentrera sig på att tänka ut nya lösningar och uppfinningar."

"Skulle inte alla arbetare bli arbetslösa då?"

"Nja. Socialism innebär i förlängningen att det inte finns privata produktionsmedel. Kommunism innebär i förlängningen att produktiviteten är så hög att ingen behöver arbeta i fabrik. Fabriker är så automatiserade och förlagda i öde områden att innevånarna kan syssla med trevliga arbeten och resa runt i världen, då hela jorden är ett land med ett folk, ett språk och ingen regering och inga pengar. Det nödvändiga stadiet för mänskligheten innan man kan att ta steget ut i rymden." Oleg hade inte insett det. Allt detta var nytt för honom.

"Saken är den. Amerikanarna har satsat på datorer, halvledare och högteknologi. Sovjet är bankrutt. Vi har inga pengar kvar. Systemet kommer kollapsa. Vi kan inte producera egna halvledare, semiconductors, så vi halkar efter amerikanernas teknologiska framsteg. Halvledare används i såna där datorer, laser, allt elektroniskt. En Östtysk sa: Halvledare är förutsättningen för övergången till kommunism och för att slå tillbaka västs imperialism." Det spelar ingen roll om vi har en miljon stridsvagnar, har USA och Västtyskland laserkanoner förlorar vi ändå. Sovjet måste kanske dö och återuppstå. För att kunna ta den striden."

23 Februari: Dropshipping

Lördag. Agenterna hade samlat ihop vapnen de skulle leverera till irländarnas "vänner". De körde ut RPG, detonatorer, sprängämnen, pistoler och bajonetter i sina bilar till en adress inne i Stockholm, på Kungsholmen. De parkerade bilarna nära Kronobergsparken. Alexej klev ut och gick in i en port, de andra satt kvar i bilarna. Efter någon minut kom Alexej tillbaka ut och de andra klev ur bilarna och öppnade bakluckorna. De tog ut sportväskor, som verkade tunga, och hela sällskapet försvann in i porten. De gick uppför några trappor och kom in i en lägenhet. Dofter av cigarettrök, rökelse och falafel slog emot dem. Det spelades arabisk musik i en bandspelare. De möttes av en man i solglasögon och beige kostym.

"Salam Alejkom! Privjet Tovarischi!"
"Privjet. Kak dela?"
"Charaschå. Vilken ära att träffa hemliga agenter från Moskva. Wooow. Jag måste berätta när jag var på uppdrag där, det var efter jag varit en vända i Damaskus. Ni kommer bli imponerade!"

"Det låter mycket spännande, herr Lejon. Vart ska vi ställa väskorna?"

"Känn er som hemma. En drink? Vi har det mesta, får jag fresta med lite kubansk rom?" Värden och gästerna gick vidare in i lägenheten. Där satt några män och en kvinna. Agenterna erbjöds att slå sig ner i en soffa och de serverades varsin grogg på rom och Cuba Cola.

"Vad ska ni med detta till, om man får ställa en odiskret fråga? Vad är ert mål?" frågade Alexej.

"Vi kommer bekämpa ett mål som är ett allvarligt hot mot socialismen. En politiker."

"Det låter bra. Kan vi hjälpa till? Vem är det? En nazistledare?"

"Njet! Svenskarnas statsminister!"

"Jaha, så pass. Det var intressant. Och vem har gett er uppdraget?"

"Han vill att våra palestinska bröder sluter fred med Israel." Lejonet fnittrade för sig själv. Alexej insåg att han inte skulle avslöja vem uppdragsgivaren var. Men detta var ju mycket fräckt! Det är ju vårt uppdrag! De här galningarna måste stoppas!"

"Det här var mycket trevligt, men vi måste skynda. Mycket att stå i just nu."

"Spasiba, mina vänner, vi klarar resten själva. Framför våra bolsjevikiska hälsningar till Moskva! Allt för kampen!"

"Ja, naturligtvis, allt för kampen. Lycka till."

24 Februari 1986. Säpo, ryssroteln

Klockan var fem i två på eftermiddagen. Sture satt i djup koncentration och skrev en rapport med en strålande pekfingervals. Vart fan var frågetecknet? Var det inte på samma plats med den här skrivmaskinen? Sture hade velat ha kvar sin gamla snygga grå Facit. Fast den här nya kunde man sudda med. Bra skit. Telefonen ringde.

"Jaså, någonting till mig? Jaha, kom in då. Skulle precis ta en kaffe men det kan vänta."

Hjalmar kom in med ett papper i handen. På pappret fanns text och några bilder.

"Man har hittat detta inne på restaurang Cattelin vid riksdagen, du vet där riksdagspolitiker och såna brukar luncha."

"Låt mig se. Hm, en glasflaska med parfym. Fräscht. Nähä. Gift. Enligt labbet ska det vara så mycket som... tetro...do...toxin. Jaha. Vad står det mer? Fugu-gift som japanska samurajer och ninjor tog för att begå självmord. Jaså! Spännande!"

"Från den japanska igelkottsfisken. Ger det nån ledtråd?"

"Bingo. KGB."

"Hur vet du det?"

"Typiskt ryssarna att komma med nåt knäppt skit som ingen jävel har hört talas om. Typiskt KGB, serru. Är de ute efter nån politiker? Kan ju knappast vara statsministern, så jävla ryssvänlig som han är. Är det någon NATO-vänlig moderatpolitiker de vill tysta?"

"Moderaternas partiledare!"

"Mycket möjligt."

"Ska jag ta det med de andra?"

"Ja, gör det. Jag ringer satellitroteln, det kanske ändå har en koppling till STASI. De kanske vill bli informerade om det här. Vill du samla ihop de andra så tar vi det nu över en kaffe. Vi ses i fikarummet. Jag ska förresten möta försvaret på torsdag kväll, jag tar det här med dem då. De kanske har något de med, eller så kanske de blir glada att höra det vi uppfattat. Är det ett världskrig på gång? Mobiliserar Sovjet?" Han sneglade åt sin tomma kaffekopp som väntade på skrivbordet.

"Sen på fredag kör vi ju värvningen. Jag tror han vill hoppa av."

"Jo, Sture, någon från UD vill ha möte med dig på fredag."

"Har du lust att be dem ställa in det?"

"För "man" hade glömt det?"

"Ja, "man" hade glömt det."

"Det är noterat. Chefen för ryssroteln hade velat gagga lite med er men han kan tyvärr inte närvara på mötet därför att ryska samurajer tänker mörda Moderaternas partiledare med en fisk."

"Ja, det blir bra. Haha. Eller förresten, hoppa det. Säg att jag har ryggskott."

"Ok, ett ryggskott beställt till på fredag."

24 februari: Katternas revir

Alexej kallade de andra till vardagsrumsbordet. Han lekte med en Makarov-pistol, gjorde särskild tillsyn och hade plockat isär den för att putsa delarna.

"Tovarischi, kamrater, Jag har fått information från en spanare. Förutom Lejonet och hans dårar är det tydligen andra på pucken, någon skuggar målet. Jag vet inte om det är RAF eller terrorister, kanske CIA-fascisterna, vem vet. Jag tror det är STASI. Vi måste på något sätt låta dem förstå att de måste sluta. De stör oss. Jag behöver tre frivilliga som får den stora äran och glädjen att komma med mig: Sergej, Tank och Oleg."

"Spasiba. Jag tänkte just säga att vi behövde skala potatis, men visst." Tank var inte sugen på att göra en tur in till stan.

Alexej skrattade.

"Hörni, han gick med i KGB och reste runt halva jorden för att han ville skala potatis."

Oleg föll in i undanflykterna.

"Jag hade planerat att spela tennis ikväll!"

"Ledsen, Tovarisch, men tennisbanan är stängd."

"Det gör inget, jag kom på att jag glömt mitt tennisracket hemma i Moskva."

"Uppställning, Davaj davaj! Snabbare!"

"Tak Toushna! Ja, Kapten!"

"Var är Sergej?"

"I badrummet. Kirrar frillan." Sergej gick lugnt in i vardagsrummet. Han var välkammad och nyrakad. Han såg ut som en officer.

"Vad är det för poäng med att vara en hjälte om man inte ser ut som en hjälte? Du kan göra vilket heroiskt dåd som helst, ser du ut som en slashas, då var du bara en slashas."

"Lysande! Vi har en fotomodell med oss. Nu kan ingenting stoppa oss." sa Tank.

"Oj, jag hörde optimisten tala. Ta inte i så du kräks när du sprider din glädje."

"Killar, jag ber er inte att knulla på varandra eller gifta er, men kan vi bara arbeta som ett lag? Och, som ett litet tillägg, kan alla bara hålla käften en stund? Tack."
"Jag vill gärna gifta mig med Tank. Han är så jävla trevlig!"
"Håll... håll käften nu! Det här blir ett disciplinärende! Vi kommer hamna i Sibirien om någon granne ringer bängen." Oleg kom ut ur köket med ett flak öl och några korvar. Så uppträder en titan, en härförare. Så fick man män att arbeta tillsammans. Bira och korv. En stund senare satt de runt bordet och samtalade och småskrattade. Sergej drog fram sin balalajka och spelade en smäktande sorglig visa. Och ingen granne ringde bängen.

När kvällen kom satte de sig i Alexejs Citroën och åkte till Gamla Stan. Sergej körde och han fortsatte cirkulera i stadsdelen då de andra tre klivit av. De gick diskret till kvarteret där målets bostad låg. De såg två män stå 30 meter från målets port. En var blond och medellång, den andre kraftig, mörkare och lite längre. De hade inte riktigt svenska kläder, mer öststat. Alexej tittade runt. Inga turister. Några snöflingor föll. En irländsk gatumusiker spelade gitarr och sjöng en gata bort. Agenterna gick fram till de två männen. Alexej frågade dem på engelska:
"Tjena grabbar. Vad gör ni här?"
"Vi bara står här. Vi väntar."
"Jobbar ni i närheten? Säljer ni knark?"
"Vi jobbar på bygget därborta."
Mannen pekade på ett skyltfönster till en butik, som låg mittemot porten till målets bostad.
Alexej gjorde ett ljud och viftade bort med armen.
"Pttttfjjjj. Fuck off. Ni kan inte stå här. Sie kannt nicht hier stehen! Raus."

En av de två männen svarade.

"Vi bara står här. Ok, vi går. Mann muss weitermachen, Arschloch!"

De förstod att KGB tyckte att de störde. De gick iväg. Alexej gick tillbaka till de andra, och de började gå. Alexej tittade sig omkring för att vara säker på att inga turister eller spioner hörde vad han sade. Sedan började han förklara:

"STASI. Säkert från HVA eller rentav från Kommando ADM/S. Mördare. Man känner igen dem. Vad har de för planer? Vi kollar vart de går." De låtsades vara turister och skuggade männen. Den irländska musikern slutade spela. Han packade ihop gitarren och lämnade sin plats.

De två männen gick några kullerstensbelagda gränder i Gamla Stan och kom efter en stund fram till ett pyttelitet torg där en stor vit skåpbil stod parkerad. Männen öppnade bakdörrarna och hoppade in, varpå de stängde dem efter sig. Alexej smög fram och gjorde handsignaler åt de övriga att hålla låg profil och vara tysta.

"Bilda cirkel." Alla spanade utåt från platsen för att inte bli överraskade om det skulle komma någon. Agenterna gjorde mantelrörelse på pistolerna och spände hanarna på revolvrarna. Man skulle skjuta först om det blev skjuta av. Alexej stod där i sin ljusgröna kavaj med axelvaddar, fodrad trenchcoat, stentvättade jeans, vita tennisstrumpor och läderfärgade loafers. Fräsch look, som en riktig amerikansk civilsnut. Eller i alla fall som de såg ut i Miami Vice. Bortsett från hans bistra uppsyn och stenhårda ansikte.

Plötsligt såg Oleg en gestalt diskret komma närmare. En agent. Ja, agenter känner igen agenter, även fientliga sådana. Han gjorde en handsignal. Alexej stod bredvid sidodörren på skåpbilen och tvekade. Någon kom ju. Han ryckte upp

175

sidodörren och frös i sitt ansiktsuttryck. Inne i skåpbilen satt lejonets män. De satt med kalasjnikovs i knäna, en hade ett RPG raketgevär. I mitten satt Lejonet. Alexej smällde igen dörren. Oleg såg att gestalten hukade sig bakom en bil. Drog han fram en pistol? Oleg gjorde ännu en handsignal. "Fiende. Ditåt." Alexej gjorde en handsignal: "Enheten drar ihop sig. Avancera i den riktningen, täck utåt runt om." Man skulle röra sig som en insatsstyrka och dra sig ur situationen. De hade dragit sig tillbaka tjugo meter då skåpbilens dörrar flög upp och männen inuti rusade ut och kastade sig på marken.

    -BamBamBam! Tatatatatatatata! BamBam!-   Det sköts åt alla håll.

Gestalten som hukat sig sköt mot männen från skåpbilen. Alexej och agenterna hade i princip kommit i skydd och sprang bakom ett gathörn. Polissirener hördes på avstånd.

En vit piketbil från polisen anlände. Ut hoppade sex poliser med dragna vapen. De sköt verkanseld mot lejonets mannar. En föll ihop. En till. Lejonet blödde från axeln. Det sköts hål i plåten på polisbilen vars blåljus blinkade. Det slog lock för öronen på alla av ljudvågorna från skotten som ekade i de trånga medeltida gränderna mellan husen.

    "Jalla, jalla!" skrek Lejonet.

Tyskarna körde iväg med sin skåpbil och slängde iväg några skott bakåt mot poliserna. En polis segnade ner.

Anton stod på en sommaräng med sin dotter och sin före detta fru. De stod framför ett rödmålat hus med vita knutar. En schäferhund skuttade runt dem och ville leka. De var lyckliga. Anton satt mot hjulet på piketbilen. Hans kollegor tog hand om honom. En blodpöl bildades i snön där han satt. Han hade inte knäppt den jävla Palme. Men han visste. Hans liv passerade revy, och han visste att den skyldige skulle få sitt straff. *Bödeln är på väg. Men de är oss på spåren.* Nu såg han allt. Allt skulle bli bra. Han passerade till nästa värld med ett leende på läpparna.

Agenterna skyndade hem till basen. Östtyskar. Lejonet. Terrorister. De kunde hitta på precis vad fan som helst, men en sak var säker: Det skulle smällas och pangas och sprängas och stormas ambassader och tas gisslan och det skulle bli ett jävla liv. Det skulle skapa allmän panik och stora tidnings-rubriker. Precis det som Oleg och Alexej och operationsgruppen inte behövde. KGB skulle förlora kontrollen över narrativet, det skulle inte imponera på cheferna. Det var redan ett svårt uppdrag. Med amerikanen i hälarna blev det komplicerat. Med de galna östtyskarna blev det kaotiskt. Och det värsta var: De spanade mot målets bostad, på Västerlånggatan 31 i Gamla Stan. Risken var att svenskarna höjde skyddsnivån, patrullerande vakter, skottsäkra dörrar. Tänk om de fick målet att flytta till en annan bostad? Katastrof! Skulle idioterna kidnappa honom? Mörda honom? Lejonet hade ju dillat något om det. Men hade han inte bara skrutit? Och vem var gestalten som kom smygande där som en turist? Han såg ut som en jude. MOSSAD. Bliat! Det började bli jävligt rörigt allt det här!

Chevamännen

Lejonets skåpbil körde långsamt in i en folktom gränd. Där stannade den. Lejonet och de övriga stapplade ut. Några var skadade och blödde. Skåpbilen hade några kulhål. Då kom en grå Cheva Van med tonade svarta rutor runt hörnet, mycket långsamt. Terroristerna famlade med vapnen. Ut ur Chevan klev två män. Stenhårda ansikten, ganska smala, smidiga kroppar. Lejonet insåg genast att det här var slutet. Männen sprang fram till Lejonets mannar och sköt dem med pistoler med ljuddämpare. De sprang tillbaka till Chevan och körde iväg. Mannen i passagerarsätet drog fram en walkie talkie.

"Mission accompli!"

Någon rörde sig i den sönderskjutna skåpbilen.

Kapitel 16. Sydafrika.

25 februari 1986. Blind date

Oleg slog följe med Pierre för att möta sydafrikanen. Pierre skulle diskutera låtsas ha ett uppdrag att erbjuda, och plötsligt skulle Oleg likvidera mannen. De väntade på mötesplatsen, källaren till en offentligt öppen kyrka i centrala Stockholm. Oleg var kanske inte helt obekant med närstrid. Han hade tränat ett dussintal stridstekniker under spetsnaz-utbildningen men även israeliska tekniker såsom Krav Maga och Kapap, japansk jujutsu och boxning. Han kunde lätt döda någon med sina bara händer. Men fienden kanske hade pistoler, knivar eller andra vapen. Det kunde bli svårt att skjuta folk mitt inne i stan. Han hade dock sin pistol, den förbannade amerikanska 45:an, i byxlinningen på ryggen. Han hade bara de åtta kulor som fanns i magasinet, han hade inget reservmagasin då han ville kunna slänga bort allt och undvika att bli arresterad. Den första kulan i magasinet var ett blint skott, ifall någon skulle ta hans pistol och skjuta honom med den skulle han ha möjlighet att slå undan vapnet och eventuellt ta det medan de sköt det tomma skottet. Han hade en kastkniv i jackans innerficka, en meterlång kedja i höger jackficka, samt två japanska tunna bomullshanddukar, de som kallas tenugui och som används i en rad japanska kampsporter. De låg hopvikta på ett speciellt sätt i bakfickorna på byxorna. Han hade med sig ett tryckförband och en bandagerulle, samt en liten rulle svart eltejp. Han hade även en en meter lång läderrem, en liten kofot och en hopfällbar såg. Man visste aldrig vad som skulle kunna hända. Han befann sig i ett totalt fientligt territorium, han fick inte bli sedd, arresterad eller skadad. Han kanske måste tillverka improviserade vapen, om han blev jagad. Vad skulle han göra om han blev det? Han hade inget uppehållstillstånd, ingen adress, ingenting. Han var "illegal", dvs Sovjet skulle aldrig bry sig om att få honom hem, de skulle säga att han var en gangster.

Sydafrikanen kom till sist, men han var inte ensam. Han hade med sig två följeslagare. Oleg blev lite stressad. Bliiyat! Skit också! Butch skulle väl komma ensam? Fast vem hade sagt det? De hade bara fått för sig det. Hur skulle de eliminera alla tre? Mitt i stan? Pierre hade ett brunt kuvert som han gav till mannen. Han föreslog att de alla skulle gå till en hotellbar och diskutera. Det var de andra med på. Gruppen lämnade kyrkans källare och gick ut på gatan. De började gå längs en gata. Det var eftermiddag. De kom till en korsning, folk gick förbi dem i sina vardagsärenden och lade inte märke till dem. Det började snöa. Männen gick längs en smal trottoar bredvid en gata där det åkte förbi bilar, stadsbussar och en och annan lastbil. Plötsligt tog Oleg tag i Butch och knuffade honom framför en lastbil som åkte förbi. Butch träffades av lastbilen och flög flera meter. Pierre vände sig mot de två följeslagarna och försökte ge den ena en rallarsving men missade. Oleg tog en tenugui i höger hand och snärtade till den i ansiktet på en av männen varpå han slog honom allt vad han hade i magen, på solar plexus. Han drog sin kedja och försökte träffa den andre mannens huvud men missade. Denne tog i alla fall ett steg bakåt. Oleg och Pierre började springa. De två männen tvekade och vände sig mot Butch. En av dem satte sig i smärta efter Olegs slag. Några personer böjde sig över Butch, man såg inte hur illa däran han var. Männen började förfölja Oleg och Pierre.

Man sprang längs gator, det gick inte snabbt, då alla var rädda att halka. Oleg och Pierre sprang in på en liten sidogata. Där mötte man upp förföljarna. Knytnävsslag utdelades, en man tog strypgrepp på Pierre, en sparkade Oleg i magen. Sedan tog han strypgrepp på Oleg. Oleg kände hur mannen ville döda honom. Det gick inte att bända loss hans armar. Med mycket möda fick han tag på sin pistol i byxlinningen på ryggen och sköt två skott mot mannen, det första var tomt men det andra träffade mannen i magen. Mannen föll ihop på marken. Oleg sköt honom i hjärtat. Pierre låg på marken med blod över hela magen. Den andra mannen sprang iväg innan Oleg hann skjuta honom. Oleg slängde sin pistol och sprang iväg åt ett annat håll. Då mötte han amerikanaren från Cattelin som stod och var andfådd i korsningen mot sidogatan. Han stirrade Oleg i ögonen, sedan joggade han därifrån. Oleg sprang åt samma håll som Butchs kumpan, hellre det än CIA. Polissirener hördes.

Oleg hade fått ett blödande knivstick i vänstra armen. Han hade inte känt det först, men nu började det bulta. Hans jacka var blodig. Ingen fick se honom! Polissirenerna bakom honom fick honom att fortsätta framåt. Han försökte undvika att

180

hamna i chock. Det låg några byggbaracker på vänster sida, och det stod några parkerade lastbilar på trottoaren. Oleg försäkrade sig om att ingen såg, sen klättrade han upp på ett flak och lade sig under en presenning. Flaket var fyllt med bråte, betongklumpar och grus. En polisbil dundrade förbi. Plötsligt hörde han två personer samtala, och någon satte sig i förarhytten till lastbilen. Den startade och började åka iväg. Den fick genast upp en hög fart och Oleg kunde bara ligga kvar där han låg. Han tog av sig jackan och tröjan och rullade ihop sin tenugui-halsduk till en rulle. Han lade den över såret för att skapa ett tryck. Sedan virade han sitt bandage runt och drog därefter på sig tröjan och jackan. Han såg över sina vapen. Han hade lämnat pistolen då han inte visste att han var sårad. Kvar var kastkniven, kedjan och en tenugui. Han tog två knytnävsstora runda stenar i fickorna, för att kunna använda som kastvapen. Inte för att skada, utan snarare för att få någon att stanna upp och värja sig. Han var nog försvagad i sin skadade arm, han behövde tillhyggen och projektiler. Han hade memorerat några telefonnummer, om han fick tag på en telefon skulle han kunna ringa någon operatör och bli hämtad, var han nu var, och framförallt vart han nu var på väg.

Lastbilen stannade till slut. Föraren klev ur, stängde och gick iväg. Oleg låg kvar. Han hörde hur en grind stängdes och en bil startade för att sedan köra iväg. Det var knäpptyst. Oleg kikade ut från flaket. Han var på en byggarbetsplats. Det stod några personalbaracker intill lastbilen, och lamporna var tända i dem. Han klättrade ut och tappade taget med vänstra armen och föll ner på den frusna leran. Det gjorde mycket ont. Han plockade upp en spade från marken. Han smög fram till barackerna och kände på ett dörrhandtag. Dörren var öppen. Han öppnade och hörde att någon såg på tv. Det var en hockeymatch.

"Är det du, Bertil?"

Kurwa, det var två byggjobbare. De vände sig om och såg förvånat på Oleg. Han kastade kastkniven i bröstet på en av dem, en sten mot ansiktet på den andre, fast han missade! Byggjobbarna var helt chockade. Den som fått kniven i bröstet tittade ner på kniven. Oleg anföll honom med en spade. Han slog byggjobbaren i halsen, byggjobbaren försökte slå Oleg men missade. Han slog spaden i huvudet på jobbaren med kniv i bröstet. Den andre låg på golvet och höll om sin hals. Oleg drog ut kastkniven ur den andre mannens bröst och la den mot den vakne byggjobbarens hals.

"What is the adress here?"

"Stu-sturevägen 12. Huddinge."

"Write it on the paper. Or I fucking kill you."

Oleg stack en penna och ett papper i handen på den skräckslagne mannen. Mannen skrev ner adressen på lappen. Oleg sparkade mannen i huvudet och högg kniven i hjärtat på honom. Han ströp honom samtidigt med en jacka så att han inte skulle kunna skrika. Han kände på pulsen på de två byggjobbarna. Ingen puls. Han ville inte döda dem, men det var hans liv eller deras. Och han hade ett viktigt uppdrag som kunde rädda miljarder människor från kärnvapenkrig. Det hade inte dom. Han såg att det fanns en telefon i personalrummet. Han ringde till en operatör och berättade vad som hänt, sedan bokstaverade han adressen och sa att han behövde bli hämtad. På bordet framför tv:n stod några flaskor med vatten, en påse chips, en matlåda i plåt och några bananer. Han drack, åt lite och stoppade ner maten i en ryggsäck. Det fanns även en första hjälpen-väska, han tog den också. Han klädde ut sig till byggjobbare. Han tog en yxa och en morakniv. Han stängde slutligen av tv:n, släckte lamporna i baracken, gick ut i nattkylan och ställde sig bakom den så att han såg ingången till byggarbetsplatsen om han kikade runt hörnet. Han åt och drack. En halvtimme senare kom en grå Volvo. I den satt Sergej och Alexis. Oleg gick fram till bilen och föll ihop framför den. Sergej rusade ut och frågade vad som hänt, om han var skadad. Sergej och Alexej släpade in Oleg i bilen och så körde de hem till hökis.

Några timmar senare låg Oleg på sin madrass och funderade. Han kunde inte sova. Såret i armen var tvättat, han hade fått bandage runt armen. Han hade tio andra skador som han inte märkt: uppskrapat knä, armbågar, fläskläpp. Just en snygg hjälte. Hans händer skakade. Tur att han överlevde. Helvete vilken tur. Tänk om han hade blivit arresterad av polisen. Han hade bara försvunnit från jordens yta, kanske blivit satt i fängelse i Sverige. Där hade han snabbt blivit mördad. Hade någon informerat hans släkt? Ja, hans släkt hade kanske fått en ny lägenhet som tack för trogen tjänst. Men inga pengar. Ingen gravsten. Är man en hjälte fastän ingen ser´ en kriga? Om ingen ser en stupa?

26 februari. Restaurang Yasmin

En spanare rapporterade in att målet åt middag med sin fru och yngste son på restaurang Yasmin på Kornhamnstorg. Inga livvakter. Spanaren rapporterade även att målet och hans fru, utan deras son, åt middag på restaurang Asia på Mälartorget, 100 meter därifrån. Spanaren ville inte röra sig närmare utan stannade en bit från platserna så han kunde inte konfirmera exakt på vilken restaurang målet befann sig. Övade man skådespelare som skulle kunna hoppa in som dubbletter om någonting skulle hända under Moskva-resan?

Oleg och de andra gjorde ett nytt försök. Man började på restaurang Yasmin, man var nämligen tvungna att först ta reda på i vilken av restaurangerna målet befann sig. En agent gick in och beställde ett bord för att äta middag. Det var Sergej. Efter en kvart kom ytterligare en agent in. En Vympel-soldat. De åt middag en bit från målet, utom synhåll. Oleg kom in, gick förbi agenterna som mötte hans blick, signalen för att operationen rullar, målet är på plats. Han skulle gå till toaletten då... amerikanen! Amerikanen kom in genom ytterdörren i sällskap med två män och satte sig i ett bås för fyra middagsgäster. Oleg gick vidare mot toaletten. En av amerikanens vänner reste sig och gick mot Oleg. Mannen slog underifrån mot Olegs mage, Oleg blockade sticket med knät och armbågen. Mannen stack igen. Det började sippra blod från Olegs kostym. Oleg tog ett saltkar och slängde det i mannens ansikte. Han blockade det. Oleg slängde ett till. Sen slog han mannen på solar plexus mitt i magen. Sedan gav han mannen en rallarsving och denne föll i golvet. Agenterna lämnade restaurangen. Jobbet kunde inte utföras här, lika bra att försvinna.

27 februari. Kostymen

Jason hade själv tränat upp sina spanare, en brokig blandning av legosoldater och före detta poliser från olika länder. De började spana i ytterkanterna av målområdet. Sedan, dag för dag, kvarter för kvarter, kom de närmare statsministerns arbetsplats, bostad, kvällsnöjen. Fällan slöt sig långsamt. På det sättet upptäckte man om någon annan också skuggade målet. Och det gjorde någon. Män, kvinnor, turister, Jasons spanare hade noterat vissa personer. Man tog foton, antecknade deras rörelsemönster, deras kroppsspråk. En expert på USA:s ambassad hade bedömt att det var ryssar som skuggade statsministern. Man kunde se det på hur de rökte, hur de fimpade en cigarett, hur de småpratade, hur de gick. Hur de höll en dagstidning. Det var alltså KGB. Samt även några östtyskar. STASI. Vad planerade de? Samma sak som vi? Garanterat. Så vi låter dem utföra det smutsiga jobbet, tänkte Jason.

Det var eftermiddag. Jason fick ett anrop från en av sina spanare. Statsministern besökte Ströms Herrekipering på Kungsgatan, 50 meter från Dekorima på Sveavägen. 150 meter från Sovjets konsulat på Kungsgatan 48. Utan sina livvakter. Det var säkert för att prova ut en ny kostym inför mötet med Gorbatjov. Eller mötte han en kontakt? Ryssarna? Arbetade det ryssar på Ströms? Det var stort, några hundra anställda. Någon skulle kunna ge statsministern ett brev. Statsministern skulle kunna ge någon ett dokument. Någonting att kolla upp.

Det hela var lite symboliskt då en viss liten rödskäggig rysk gubbe provade ut en kostym på en herrekipering ett stenkast därifrån 69 år tidigare, på sin väg mot Moskva. Några månader senare skulle han ha lyckats genomföra en hel revolution. Det rörde sig om Vladimir Lenin. Sånt tilltalade nog statsministern. Han kanske ville ha en liknande kostym.

Kapitel 17. Kodnamn Ida.

28 februari. Regeringskansliet

Jan hade fått jobb som kontorist på regeringskansliet. Han hade nu arbetat där några månader och blivit omtyckt för sin optimism och sitt glada humör. Han jobbade ibland över, erbjöd sig frivilligt till extrajobb och nya arbetsuppgifter. Han uppfattades som arbetsam och pålitlig.

Jan var snygg, vältalig och hade gott minne. De tre främsta egenskaperna för en spion. En snygg person hade lättare för att bli socialt accepterad, få rätt jobb och verka trovärdig. En vältalig person kunde skapa sociala kontakter för att erhålla information. Ett bra minne var nödvändigt för att tjuvlyssna och tjuvkika och sedan kunna förmedla informationen vidare. Det fanns olika metoder för att utöka sin minneskapacitet, om man tex nöp sig själv i armen när man lyssnade på ett samtal kom man ihåg det bättre. Ännu effektivare var att sticka sig i armen med en knivsudd så att det började blöda. Då tyckte hjärnan att det var livsviktigt att registrera all information, i en överlevnadslogik.

Jan hade blivit kontaktad av sin KGB-kontakt. Denne undrade om Jan kunde försöka höra vad Statsministern skulle göra efter jobbet. Varje gång han sa något om kvällen som Jan råkade höra, skulle Jan ringa ett telefonnummer så fort det var möjligt, med en telefon som inte hörde till regeringsbygg-naderna. Han kunde ursäkta sig med att han måste köpa en ros till sin fru som hade namnsdag eller något liknande som ursäkt för att lämna arbetsplatsen och gå till ett café och låna telefonen. Jan fick förklarat för sig att man ville lära känna statsministerns vanor och psykologiska profil bättre, och om man nu var inne på det området, kunde gissa sig till om han eventuellt hade möten med jänkarnas agenter. Det lät ju inte så dramatiskt så det gjorde han utan att uppvisa nervositet.

Jan hade fått instruktioner att inte göra någonting som kunde uppfattas som mystiskt och därmed röja sin närvaro. Han hade inte bara sitt eget uppdrag att tänka på, det fanns förmodligen fler mullvadar och man ville inte försätta dem i riskzonen om SÄK skulle bedöma att det fanns anledning att tillsätta en hemlig intern spaningsgrupp för att leta efter förrädare och mullvadar. Han hade också lärt sig att en spion skulle sträva efter att bli ihågkommen av omgivningen som någon som var till hundra procent pålitlig i alla lägen. Då skulle han senare kunna plantera en lögn som påverkade motståndarens strategi, utan att någon skulle kunna ifrågasätta lögnen.

En fredag kändes plötsligt lite speciell. Men han kunde inte sätta fingret på varför denna dag kändes annorlunda. Efter statsministerns lunch tillsammans med en rad politiker ringde telefonen på dennes kontor. Det var tydligen statsministerns fru, de diskuterade om de skulle gå på bio på kvällen.

"Jaha, du har talat med Mårten? Jaså. Ja. Jaha. Jaså. Grand? Jo, jag hade nämligen talat med Mårten om det igår, att det skulle ju vara trevligt med bio ikväll, så de ringde och bokade biljetter på Grand. Jaha. Ja. Jaså. Jaså. Ja, då säger vi så. Vi ses senare. Hej."

Jan såg skymten av statsministern några gånger under dagen och noterade att denne bar runt på en liten papperspåse vid ett tillfälle. Han var upprörd efter ett möte med Iraks utrikesminister under morgonen. Han såg dock ovanligt munter ut en stund senare som om han vore lättad över någonting. Någon nämnde ordet "informationsutbyte", och det handlade nog om ett möte med någon under eftermiddagen. Jan noterade att denna dag var en sådan dag då statsministern skickat hem sina livvakter för dagen, de kom nämligen inte till fikarummet efter att de lämnat honom vid kansliet, någon som de vanligtvis gör då de är i tjänst hela dagen och skjutsar statsministern hem efter arbetet. De övriga på kansliet reflekterade naturligtvis inte alls över sådana saker, men Jan, han var där för att observera just sådana saker. Han bedömde att han genast måste rapportera allt detta till sin kontakt.

Jan lämnade arbetet vid fyratiden och uppsökte en telefon. Ida hade information.

28 februari 1986. Operation Cosi fan tutte

Sture och kollegorna på ryssroteln hade arbetat i sex månader med att förbereda ett värvningsförsök av en anställd på Sovjets ambassad. En kontakt från CIA, "Herr Rose" som han kallades, skulle deltaga. Sture hade praktiskt taget ryssen lindad runt sitt vänstra lillfinger. Han var så gott som rekryterad. Han hade redan lämnat viss information till Sture som sedan visat sig vara korrekta. En del uppgifter var det inte men många var det. Den sovjetiske diplomaten älskade lyx och det goda livet, han drömde säkert om att få leva i Sverige eller USA. Sture hade stämt träff med diplomaten på Embassy

Club under fredagkvällen. Planen var att Sture skulle introducera honom för Rose, de skulle sedan slå följe till en irländsk pub i Gamla Stan. På en av broarna mot Gamla Stan, där det blev läge och inga förbipasserande hörde, skulle Rose avslöja att han var från CIA och erbjuda diplomaten att hoppa av och flytta till USA om han först ville vara dubbelagent åt CIA på sovjetiska ambassaden i Stockholm i två år.

Operationen hade kodnamnet Cosi fan tutte, efter en opera av Mozart.

Eller ägde operationen verkligen rum? Det hände mycket i Stockholm den fredagskvällen 1986, och mer var på gång.

Säpo var naturligtvis infiltrerat av Sovjet, framförallt ryssroteln. Organiserade därför olika personer med sina oinfiltrerbara privata nätverk övervakning av statsministern för att försöka få ett fotografi då denne besöker ett dead drop, gör ett brush pass eller möter en sovjetisk spion? Hoppades man kunna arrestera statsministern? Då måste han ju tas på bar gärning.

28 februari. Målet stämplar ut för dagen

I den begynnande vinterfriska skymningen var molnen rosa mot den gulnande himlen över Riddarfjärden och Rosenbad i riksdagskvarteret. Målet lämnade kontoret vid riksdagen klockan 18 som vanligt. Inga livvakter eskorterade honom då han passerade hundratals stockholmare och turister. Turisterna såg man aldrig mer än en gång, sen var de borta i något annat land. De boende i Gamla Stan och stammisarna på caféer och barer såg man däremot flera gånger om dan, varje dag. De skulle lämna barn på dagis, gå till jobbet, gå på lunch, gå hem från jobbet, gå och handla, köpa cigg, gå ut på kvällen. Man kunde se samma person 6 gånger på ett dygn. Målet började sin lilla promenad hem. Eller 295 meter för att vara mer precis. Det tog sju minuter. Och 35 sekunder. Om han inte rökte. Han hade bra kondition men älskade att flanera. För tre år sedan, då målet och hans fru just flyttat till Gamla Stan, tog det sex minuter. Det hade Alexej berättat under en genomgång. En kvinnlig turist observerade honom. Hon skickade en morsekod med en radiosändare förklädd till cigarettpaket.

Klockan var 20:34. Operationsgruppen hade haft högsta beredskap vid denna tid varje dag, de senaste veckorna. Det var då målet eventuellt lämnade sin bostad. Man hade fått indikationer på att ett biobesök var planerat under kvällen och från en spion på regeringskansliet. De skulle gå på bio. På biografen Grand. Naturligtvis Grand. Det var logiskt. Den låg i ABF-huset där målet varit ordförande i flera år, den låg tvärs över gatan till det socialdemokratiska partiets högkvarter, på Sveavägen 68. Intill låg Skandiahuset, som hade styrts av målets familj i 50 år, först hans farfar, sedan hans far. Den svenska motståndsrörelsen Stay Behind hade sitt hemliga kontor i det huset. Det var en organisation som var skapad av CIA men ingick i NATOs strategi mot Sovjet. Naturligtvis kände KGB och GRU till allt detta.

Målet lämnar bostaden

Alexej och de andra satt tysta i bilen. De var på plats inne i stan, ifall målet skulle ut under kvällen.

-Klick Klick Klick Klick Klick-

Det var signalen, några klickande ljud på radion. Målet hade lämnat bostaden och gått ner i tunnelbanan. Det var ungefär 35:e försöket. Ikväll måste de lyckas genomföra operationen. Vilken kväll som helst skulle livvakterna eller målet märka att något var på gång.

Alexej sade fyra siffror i radion.

"3 4 3 6". Det var koden till de övriga enheterna att "allt rullade som planerat, målet var förmodligen på väg till Sveavägen, på biobesök eller annars till partihögkvarteret eller någon restaurang. Inga livvakter var med". Alla dessa klickanden och sifferkoder, de var för att det förmodligen fanns personer som hörde dessa, amatörradioentusiaster eller signalspaning, och koderna gjorde att ingen skulle kunna lista ut vad som försiggick.

Centralstationen

Mehmet satt och spelade brädspel med några nya vänner på sitt nya stammiscafé i Gamla Stan. Plötsligt kom en man från köket:

"Telefon till dig." Mehmet gick till telefonen.

"Mehmet här."

"Ta en taxi till centralstationen. Jag hittar dig."

-Klick-

Mehmet betalade för teet, gick ut, tog en taxi och mötte sin kontakt vid ett café nära stora väntsalen vid Stockholms centralstation.

"Någon är på bio. Just nu. Vi behöver veta om han har livvakter, hur många de är, om de är beväpnade, hur alerta de är, du vet allt det där. Gå dit och få dem att röja sig. Bli arresterad, spring naken, gör vad du vill, få dem att ta dig. De släpper dig genast. Du vet ingenting, du minns inget. Säg att du arbetar för CIA. Sen är uppdraget över, men du får stanna några veckor. Sen kan du resa hem. Är det ok, min broder?"

"Jag trodde jag skulle flytta något. Jag brukar flytta paket."

"Ja men nu behövde vi göra en sak, du är ledig och du kan göra det. Är det ok, blir det bra?"

"Det låter bra."

Spioner på Embassy

Sture Blomkvist och Herr Rose gick in på Embassy Club vid Stureplan. De var obeväpnade. Sture kände sig alltid lite naken utan tjänstepistolen. De låtsades som att de var på en Afterwork, därför hade de arbetskostymer. Klientelen här var höginkomsttagare: kirurger, advokater, yuppies, designers, säljare. Kollegerna väntade på den sovjetiske diplomaten. De väntade. Och väntade. Sture blev stressad. Var de skuggade? Skulle de avbryta operationen? Hade ryssjäveln ångrat sig? Vafan pysslade tjommen med? Har ryssarna fått nys om att vi ska försöka arrestera gubben?

Säpos huvudkontor, Säkerhetsavdelningen

Jan-Åke, chefen för säkerhetsavdelningen, satt på sitt kontor. Nu var det lugnt igen. Arbetsdagen var över. Då kanske man kunde stämpla ut och åka hem och äta middag. Då ringde telefonen.

"Ja?"

"Man har rapporterat om en förhöjt aktivitet hos en PKK-grupp."

"Ok, jag kommer. Vi kan ju surra lite om din semesterledighet också. Det var om tre veckor, va?"

Han gick till ledningsrummet där några kollegor satt och rökte och pratade i olika telefoner.

"Jo, det rapporteras även om förhöjd aktivitet vid en rysk cell. Vi kanske ska höra med ryssroteln."

-Ring!-

Kollegan Håkan tog upp en telefonlur och tittade på Jan-Åke.

"En amerikansk diplomat var på väg från amerikanska ambassaden, men han klev ur bilen och blev upplockad av en civil bil. Ska nog göra någonting "secret" va."

"Sniffa lite kola på Embassy Club?"

Jan-Åke fick bestämt intrycket av att det hände ovanligt många saker samtidigt. De var inte helt ovanliga men det kändes som om någonting kopplade dem samman. Hans magkänsla sa att någonting fuffens var i görningen."

"Man kan ju undra om något har hänt. Kan vi få in radionyheterna?"

"Visst, jag kan checka radionyheterna." svarade Håkan.

"Alltså, nu bara spånar jag, sa Jan-Åke. Mord på en sydafrikansk legosoldat. Mord på en boforsingenjör och dennes fru, mord på maffiatyper i Nacka. Dödade och brända.

Mord på en inbrottsliga utanför Stockholm. Skjutna och brända. Mördade byggjobbare. Brutala jävla mord, alltså. Någonting är i görningen. Men vafan då? Finns det ett uppsåt? Vad är syftet? Knarkkrig? Etnisk konflikt? Terrorattack? Berit, har vi nåt från försvaret? Är det nåt med NATO? Hör med ryssroteln. Har ingen lyssnat på nyheterna?

-Ring!-

"Jan, statsministern ska på bio med sin fru och sin son ikväll. De ska på Grand. De har tydligen pratat ganska öppet om det på arbetsplatsen och i telefon, under veckan. Det finns svagheter i hans skydd här. Det finns en lucka."

"Utan livvakt? Tjommen jönsar runt på stan helt solo? På Grand, ganska förutsägbart asså, mitt emot parti-högkvarteret? Är han helt jävla bäng i roten?"

"Ok, och ryssroteln är ute för att försöka haffa nån kosmonaut från ambassaden. De är vid Stureplan, va? Och personskyddsgruppen övar på Södermalm inför Moskva-resan. Tjena moss."

-Ring!-

"Nä dra åt helvete! Kom hit!" Jan-Åke såg bestört ut. Efter någon minut knackade det på dörren, och Lennart från ryssroteln klev in. Han såg allvarlig ut.

"Jag lyssnade igenom några band, vi lyssnar ju lite på en av diplomaterna. Sovjets diplomater alltså. En av dem sa i morse till sin fru, att ikväll kommer något bra hända. En Åtgärd."

"Alltså, det betyder..."

"Vafan gör statsministern ikväll. Skicka några gubbar att vakta hans port."

"Han, eh, ska på bio på Sveavägen ikväll."

"Va?"

"Ok vi skickar några gubbar till Sveavägen."

"Du vet vad hans majestät kommer anse..."

"Jag skiter respektfullt i vad hans majestät tycker, vettu. Det är inte han som bestämmer. Nån jävla måtta får det vara med dumheter. Han gör sitt jobb, vi gör vårt, det är att skydda Riket. Det finns ingen annan som gör det."

"Ja... hm... jo... "

"Okej, jag menar här och nu, just nu, ikväll. Skyddar vi rikets ledare. Kan du be Sture avbryta sin operation, Cosi fan Tutte eller vad ni nu kallade den, på Embassy, och de får pallra sig till Sveavägen. Så kan de nyktra till samtidigt."

"Vad betyder det, det där italienska du sa? Cosi fan tutte" sa Håkan.

"Det betyder "helvete nu smäller det" på italienska."

"Ja, men seriöst."

"Jo, men ikväll betyder det faktiskt det, serru, Håkan. Jag ringer Karl. Vi måste rapportera uppåt. Karl kanske är mer insatt."

"Hörni, övningen personskydd upphör på södermalm, omgruppera till, ja, där nu statsministern är, förlåt där hans majestät behagar berika oss med sin närvaro, övningen fortsätter där, Okej?. Stick dit du så du är på plats om det blir skarpt läge. Eller för dig, just nu, är det skarpt, ok? Håll ögonen öppna efter agenter. Ovanliga saker. Män som går snabbt och som bär på tunga sportväskor med saker som sticker ut. Kalashnikov-liknande objekt."

Håkan reste sig och tog på sig sin svarta skinnjacka.

"Och du!"

"Ja?"

"Trissa inte upp en situation, ingen panik hos allmänheten. Vi vet inte om det verkligen föreligger ett hot. Och ta på dej kläder, riktig rysskyla därute."

"Jag kanske möter den ryska björnen."

"Ja. Du kanske faktiskt möter den ryska björnen. Den lurar någonstans därute i natten." Jan-Åke mötte Håkans blick. Han menade allvar.

"Kolla så puffran är i ordning. Ta med ett extra mag."

Kapitel 18. Biografen Grand.

Biografen Grand låg i Sektor 6. Den låg mitt emot Social-demokraternas högkvarter som hade adressen Sveavägen 68. Intill låg flera byggnader och kontor där statsministern tillbringat mycket tid som partiordförande och här hade han hållit tal, arbetat och tagit en öl efter jobbet de senaste 20 åren. KGB-agenter från Sovjetiska ambassaden hade vid flera tillfällen varit inne på socialdemokraternas partihögkvarter för att deltaga i regeringens och ministrars möten om Sveriges styre. Socialdemokraterna ville vara säkra på att man styrde landet på ett sätt som inte förargade Sovjet. KGB-agenterna kände till platsen bättre än sina barndomskvarter i Sovjet. Här hade man skuggat, tjuvlyssnat, fotograferat, övat och gjort upp attentatsplaner. Agenter hade fått anställning på caféer och i andra etablissemang. Inte bara mot målet naturligtvis utan mot socialdemokratiska och socialistiska politiska ledande figurer i största allmänhet. Sedan 30-talet. Mycket intensivt under det stora fosterländska kriget då man främst spionerade mot tyska ambassaden och den svenska krigsmakten samt svenska regeringen. Officerarna och socialdemokraterna var öppet nazistiska och tidningarna hyllade Hitlers lösningar på "judefrågan". Fram till slaget om Stalingrad som innebar vändpunkten i kriget och nazisterna började förlora. Då blev svenskarna USA-vänliga. Bofors hade hela kriget sålt luftvärnskanoner både till tyskarna och till engelsmännen. De sålde idag kanoner både till Irak och Iran som låg i krig. Man visste att det svenska kontraspionaget hade ett kontor för signalspaning mot Sovjet beläget på Tunnelgatan sedan 40-talet. Man visste att Thulehuset som sedan blev Skandiahuset hyste Stay Behind. Spioner känner igen spionskt beteende: Man kan känna på lukten, på vibrationer i luften när det finns andra spioner i närheten.

Plötsligt dök svenskarnas agenter som övat personskydd på Södermalm upp vid biografen Grand. KGB-agenterna kände igen dem från fotografier och de kände igen hur de rörde sig, hur de tittade sig omkring. Man hade alltid övat med förutsättningen att det skulle vara flera livvakter i målets närhet. Men samtidigt lämnade de civilklädda knarkspanarna kvarteret. De hade suttit i bilar parkerade längs Sveavägen och kikat och väntat på knarklangare som inte verkar ha varit aktiva där under kvällen. Operation Ruka Stalina rullade på.

Det var ungefär trehundra personer inne i biografsalongen. Tre filmer spelades samtidigt. En sovjetisk film, Come and See, hade just slutat. Den handlade om de fruktansvärda dåden tyska soldater utförde mot den ryska civilbefolkningen under det stora fosterländska kriget. Målet dök upp. Han var klädd i mörkblå rock, mörk pälsmössa och hade en vit halsduk. Hans fru var klädd i en brun kappa. De och ett ungt par, deras son med en ung kvinna i sällskap köpte biljetter. De yngre verkade ha förköpta biljetter. Någon som stod bakom hörde vilket nummer de talade om. "I mitten, rad åtta". Denne någon köpte biljett och kom med en ursäkt för att hamna väldigt nära de föregående personerna. "Alla vill sitta i mitten". Målets hela sällskap fick inte ens platser bredvid varandra då hans son och dennes fästmö förköpt biljetter. Statsministern diskuterade hätskt med ordföranden för ESK, Curt Lidgard, honom kände agenterna igen, de hade utarbetat en plan för att likvidera honom men åtgärden mot statsministern hade fått högsta prioritet.

Plötsligt stod en man utanför biografen och stirrade in. Mannen var lång. Han var sjaskigt klädd med en mörk rock och svart krulligt hår. Han stirrade in genom glasdörren. Han hade gått runt inne i biografen, utanför på gatan och lämnat ett psykotiskt intryck. Det var Mehmet, han var ditsänd av KGB för att skapa skenspår så att den svenska polisen skulle misstänka att kurder låg bakom det som strax skulle ske. Inne i salongen bland alla människor gick en annan dåre runt och pratade med sig själv. Det var bra och dåligt samtidigt, dels drog han till sig uppmärksamheten bort från de sovjetiska agenterna, men det gjorde också att folk blev nervösa, uppmärksamma. Pashol Nachoy! Stick iväg! Oleg och de andra operatörerna låtsades som ingenting. Man var noga med att inte möta någons blick, då det skulle avslöja dem.

Mannen lämnade platsen. De svenska agenterna hade is i magen och fortsatte smyga i skymundan. Några svenska agenter som övade personskydd inför målets Moskvaresa använde sina radioapparater, men de som var där för att skydda målet inför ett skarpt läge här och nu, de var mer diskreta. De spanade och spejade, men såg inga katter. Katterna såg heller inte dem. Man kunde ju ana men man fick ingen bild av hur många agenter som fanns på plats.

Utanför Grand

Säkerhetspolisen Håkan väntade några kvarter från Grand. Han skulle ta en oskyldig promenad runt Grand-kvarteret, göra ett svep för att "ta temperaturen". En spion känner lukten av andra spioner. Han skulle vänta tills biofilmen var slut, sen skulle han se till att inget hände statsministern då denne reste hem. Hur han nu hade planerat att göra det. Det skulle väl bli sista tunnelbanan från Rådmansgatans station, eller Hötorget fast den låg ju lite längre bort. Han kanske ville ta den för att få lite avskildhet. Killarna från säkerhetspolisens personskyddsavdelning var ju på plats och övade, bäst att bara hålla låg profil och observera från håll. Då kanske han skulle upptäcka en eventuell fara tidigt.

Även en viss östtysk väntade utanför Grand. "Diego har nog rätt, här kan vi slå till", tänkte han. Han frös. Han gick runt och lämnade platsen efter en stund. Han var otålig. Håkan höll ett öga på honom.

Oleg satt äntligen bredvid målet. När filmen börjat och biosalongen var nedsläckt, böjde han sig framåt och såg målets högra sko.

I ett kvarter nära Sveavägen cirkulerade Tovarisch Tank med Sergej i sällskap. De satt i en grön Passat som köpts och sålts kontant ett dussin gånger så att den inte skulle kunna spåras, innan den kunde användas av KGB. Grön liksom grå färg uppfattas inte av människans hjärna som någonting intressant att lägga på minnet, i naturen brukar det betyda blad eller sten, och alltså varken ett hot eller bytesdjur. Därför använder tjuvar och agenter gärna färgen grått.

"Kolla på den där bilen. Den kör för långsamt. STASI? CIA?"

"Det verkar inte vara svenska agenter, inte civilpoliser heller. Vi meddelar växeln."

"Da!"

Inne på biografen drog Oleg fram en liten parfymflaska och sprayade mot målets högra sko. Det kom inget. Han försökte spraya igen, det kom inget. Bliyat! Skit! Han gick till toaletten för att inspektera sprayflaskan. Bliiiiyyyat! Något var fel, det kom inget! Hade giftet stelnat? Varför händer det nu?

I en parkerad bil nära Sveavägen fick Tovarisch Alexej som översåg operationen ett radiomeddelande.

"Växel, det här är taxi 4, kom."

Han svarade.

"Växel, kom."

"Kunder nära upphämtningsplatsen i sektor 6, kom."

"Observera dem, kom."

"Uppfattat, vi observerar dem, slut."

"Kunder" var kodordet för "fiender", det vill säga svenska poliser eller agenter från någon annan underrättelsetjänst.

Kill Without Joy

Jason tittade ner på gatan med en kikare. Han befann sig i en lägenhet på Sveavägen. Han var klädd i vida grågröna kostymbyxor, vit skjorta och axelhölster till pistolen samt svarta loafers. Lägenheten tillhörde en narkotikahandlare som hade haft vänligheten att hyra ut den till Jason så att denne kunde använda den till framskjuten operativ bas för operationen. Uppdraget hade varit att låta legosoldaten Butch mörda statsminister Palme. Eller så att säga "modifiera stats-ministerns hälsa". Han hade dock inte hört av Butch på ett tag, sedan han accepterat uppdraget. Butch var pålitlig men han hade försvunnit i tomma intet för några dagar sedan. Spårlöst borta. Jason hade behövt ringa in ytterligare en contractor. Jean-Michel från Belgien. Erfaren legosoldat. Det ökade den operationella risken att ha flera inblandade, men han måste ju ha en skytt. Efter mordet skulle man plantera skenspår och skylla på ryssarna, och Jason och USA skulle få ära och anseende i världens ögon. Det var så världspolitiken fungerade. Den som först gick ut med kondoleanser för att uttrycka vilken sorglig tragedi detta var, det var förmodligen också den som utfört attentatet.

Jason hade rekryterat två svenska agenter som skulle stödja den verkliga mördaren och se till att dennes arbete kunde utföras utan förhinder. Man skulle störa eventuella vittnen, skapa skenspår, försinka eventuella poliser. Det var så man arbetade, de som ingick i gruppen kände inte varandra, de hade aldrig setts förr. De löd mycket precisa order och utförde sin del av uppdraget. Utan att veta om det bildade de en operativ cell i den hemliga organisationen Stay Behind. Efter operationen skulle cellen upplösas. Det fanns inga papper, ingen dokumentation, inga spår.

Anders och Johan stod framför Jason. De hade kodnamn Adam och Bertil under operationen. Skytten hade kodnamn Brevbäraren men honom skulle de aldrig träffa, han skulle möta dem på gatan vid attentatsplatsen och sedan skulle de aldrig mer se honom. De skulle se till att han kunde utföra sitt uppdrag och sedan fly, men själva flykten skulle Jason ta hand om. Johan hade varit främlingslegionär i 4 år, tills han deserterade. Det var vanligt att desertera efter första året, inte för att man inte klarade av jobbet utan för att soldatlivet i legionen var ganska enformigt. De här killarna var pålitliga. Annars visste CIA var deras familjer bodde om det skulle hända någonting, om någon skulle glömma hur man håller tungan i styr.

Agenterna såg över sina pistoler, Glock 17 med ljuddämpare. Magasinen var rena och fullmatade med kulor. Anders var klädd i grön militärjacka, Johan hade en blå fjällrävenjacka. De hade toppluvor, jeans, kängor och svarta skinnhandskar. Ingenting som skramlar. Knappar och reflexer var bortskurna, liksom klädmärken. Man ville inte ha detaljer på kläderna som vittnen skulle kunna lägga på minnet och lägga till i signalement.

Jason tände en cigarett.

"Filmen slutar om 20 minuter, var beredda. Kolla varandras utrustning och klädsel. Alla fickor stängda. Magasin på plats. Knivar redo. Ladda vapnen. Remember, 5-6 skott på målet. Gå till utgångspunkten nu. Följ honom. Brevbäraren väntar på er. Ni låter honom göra det han ska göra. Var diskreta men intervenera om någonting går galet. Good luck gentlemen!"

Inne på Grand

Oleg gick tillbaka till sin plats, såg färdigt filmen och lämnade Grand tillsammans med de andra besökarna. Det kryllade av fientliga agenter, de fick inte fatta minsta misstanke om att någonting var i görningen, annars skulle de trycka in målet i en bepansrad bil och inte låta honom visa sig utomhus. Oleg var klädd som andra biobesökare, han haltade lätt, det var en av hundra små detaljer som skulle hindra en betraktares associationsbanor att ledas in till en vältränad mördare från KGB, han gick med samma tempo som de andra, han vred på huvudet lika mycket, snabbt och ofta som andra, han betraktade affischerna på väggarna som de andra. Han var en av de andra. Någon kastade sin biljett i en papperskorg, Oleg härmade och gjorde likadant. Han gick snett bakom någon man, det såg ut som om de kände varandra, även fast de inte gjorde det. I entrén tog han på sig sin mössa, sedan tog han av sig den och sedan på igen. Det var en signal, han hade misslyckats med sprayen. Nu måste man övergå till pistol.

Några gator från biografen viskade Tank till Sergej.

"Den där bilen är inte från oss, det måste vara någon annan som planerar något."

"Da, det har du rätt i. Vi ska nog jaga iväg dem så de inte får svenskarna att gå igång."

Tank startade bilen och körde in i den andra bilen bakifrån, inte våldsamt men hotfullt.

"No fun for you! Pashol Nachoy! Fuck off!" Den andra bilen körde iväg.

"Dasvidanja dorak!"

Inne på bion, nära entrén satt den kvinnliga operatören Ludmila på en stol och rotade i sin väska. Hon skickade morsekod med en radiosändare förklädd till cigarettpaket. Tovarisch Alexej tog emot signalen.

"Kurwa! Operationen fortsätter, alla beredda på att agera. Blå håller sig beredd." Alexej var ryss men hade tjänstgjort så mycket med polacker att han hade börjat svära på polska.

Bredvid Ludmila stod målet och talade med en man.

"Okej, vi kom hit men nu vill vi vara ifred en stund. Ni får öva själva. Nu ska vi promenera. Gokväll." Målet pratade med de svenska agenterna. De har inte upptäckt sovjeterna.

Målet och hans fru lämnade biografen tillsammans med målets son och dennes sällskap. De var bland de sista av flera hundra personer att gå ut genom dörrarna. De föreslog att målet skulle ta en taxi hem, men denne sa att han hade suttit hela dan och behövde sträcka på benen. De skulle gå hem. De två paren gick efter en stund skilda vägar.

Håkan, klädd i blå jacka, följde efter på avstånd. Han ville vara tillräckligt nära för att kunna ingripa och skydda statsministern, men tillräckligt långt bort för att upptäcka en potentiell fara innan den upptäckte honom och sedan aldrig slog till. Han hade sin tjänstepistol, men ingen radio för att ropa på hjälp. Han var lite som en fri neutron, en spionjägare.

Sveavägen

Ett stenkast bakom paret gick två män, en i militärjacka och den andre i mörkblå jacka.

"Fick du med allt?"

"Jag antar det. Vi kollar sen."

"Jag vill veta."

"Seriöst, det är tusen minusgrader. Antingen fick vi med allt eller så kom det inte med. Nu utför vi uppdraget."

"Lägger du bandspelaren i innerfickan?"

"Vilket tjat. Sluta tjattra nu för fan."

"Vad fan gör vi nu?"

"Sitt still i båten. Du måste se det som... tänk inte att det är ett mord. Tänk istället att det är en bödel som utmäter ett straff åt någon som gjort något fruktansvärt."

Nu såg männen att statsministern och hans fru plötsligt började korsa Sveavägen.

"Men för i helvete! Vi måste följa efter. Fräs på nu."

Två män joggade över Sveavägen långt bakom statsministern. Ingen såg dem. Utom Håkan. Fast Håkan låtsades inte om dem utan korsade Sveavägen lite närmare statsministerparet. Han låtsades vara en privatperson som skulle ta sista tunnelbanan, samtidigt som han befann sig mellan statsministern och de två männen. En man satt i en bil parkerad på Sveavägen och betraktade allihop med en kikare. Mannen såg någon korsa Sveavägen sist av alla.

Någon anropade Alexej på radion.

"Målet rör sig från biografen, de går över Sveavägen."

"Atlitschna, perfekt!" sa Alexej tyst.

"Alla enheter, målet är på väg mot Hötorgets tunnelbana. Taxibilar omgruppera till sektor 7. Sektor 7."

"Blå, beredd. Målet närmar sig position H1. Position H1. Hitta den de ska möta. Bekämpa målet. Konfirmera målet först."

"Jests! Uppfattat!"

Operatörerna hade glömt förhållningsreglerna om att låtsas vara taxibilar som hade radiokommunikation. Det var för viktigt, allt måste ske just nu. Målet kunde arresteras av svenskarnas polis när som helst, det fick inte ske! Det var inte deras karriärer som stod på spel, utan deras liv.

Vympel

Igor inväntade målet som tydligen kom flanerande emot honom längs Sveavägen. Han frös, han hade varit ute i flera timmar, ömsom tagit paus inne på någon krog, ömsom gått ut för att kunna ha radiokontakt. Han behövde bara höra informationen som kom löpande från spanarna, han behövde inte svara ännu. Han höll axlarna ihopdragna. Han lät bröstet sjunka in lite för att inte se hotfull och vältränad ut. Har man en spetsnaz-överkropp så har man. Han och hans tre kollegor från Vympel-gruppen var klädda ungefär likadant, då deras kläder kom från Tovarisch Katja på förklädnadssektionen. Han bar en mörkblå ganska gammalmodig jacka, de hade inte haft råd att köpa en ny, och på huvudet hade han en mörkblå stickad luva, grovt upprullad längs kanterna. Han skulle ha på sig sin mörkblå spetsnaz-mössa när han sköt. Han var elitsoldat och inte en simpel gangster. Hans enhet var de bästa

Sovjet hade. Mössan kunde dessutom rullas ner och täcka hela ansiktet med två hål för ögonen om något oväntat skulle hända. Vilket det alltid gjorde på såna här uppdrag. Militära planer går ofta i stöpet efter några minuter och en vältränad enhet kan improvisera för att uppnå objektivet.

Hans Nagant-revolver, eller M/87 någonting, hade ljuddämpare så han hade ett specialdesignat långt hölster i svart läder i den rymliga högra framfickan. 6 skott i trumman. Han skulle försöka att bara använda ett skott, då skulle förbipasserande inte höra varifrån skottet kom. De skulle inte hinna se det i alla fall, ingen skulle se vem det var som sköt. Ett andra skott skulle folk se och han skulle förlora dyrbara sekunder för att fly. Han hade begärt att medlemmarna i Alfa-gruppen skulle vara beväpnade med Makarov-pistoler och ha en varsin handgranat. Det räcker med att en detalj blir fel och så blir det eldstrid. Men KGB:s Direktorat hade sagt nej. De fick inte ens ha en varsin bajonett. Det behövdes inte, de kunde lätt döda en fiende med sina bara händer.

Han var beredd att eliminera målet vad som än hände. Om målet tog Rådmansgatans tunnelbanenedgång skulle Vasilij få den stora äran och glädjen att skjuta och komma hem som Sovjetunionens hjälte. Igor hade placerat sig på det ställe där det var mest troligt att målet promenerade hem om de inte tog sista tunnelbanan. Om han tog den väg han nästan alltid valde. Skulle målet möta sin kontakt från KGB och Sovjets ambassad här?

En lång man anlände. Han kom promenerande, han såg spänd ut som om han frös och ville hem. Han var klädd i en mörk rock och mörk toppluva. En rock var väl inte det varmaste vinterplagget, och det var kallt denna fredagskväll.

Han var faktiskt mycket lång, säkert 1,90 cm, och ganska kraftig. Han rörde sig som en svensk en vanlig kall fredagskväll, men han gick inte hem utan han stannade en bit från Igor. Han såg på Igor och började gå iväg igen. Igor gjorde tecken åt Nikolay, en av sina Vympel-bröder som stod tio meter bort, och han pekade mot mannen. Vympelsoldaten förstod, de hade övat så mycket på just denna typ av situationer, båda visste vad som skulle göras. KGB-agenten från ambassaden hade uppenbarligen insett att något var galet och avbröt mötet med statsministern. Nikolay hade inte order att döda agenten utan bara att få honom att avlägsna sig. Denne behövde inte veta vad som skulle ske. Men han skulle nog inte bli förvånad, det var bara ännu en spion åt Sovjet som nått sista förbrukningsdatum och som nu skulle destrueras.

Nikolay ställde sig så att han hade sikt norrut, målet skulle komma gående i sydlig riktning. Han var den snabbaste i Vympelgruppen. Han bar en brun skinnjacka och i den specialsydda innerfickan hade han en bärbar kommunikationsradio. Han var redo att slänga ut bluffkulorna om det skulle bli skottlossning.

Dekorima

Målet och hans fru kom sakta promenerande rakt emot Igor där han stod utanför Dekorimas skyltfönster. De trodde nog att han var agenten de skulle möta. Nu skulle han visa varför det var han som var Kapitan. Han var spetsen på sovjets skära. Det var här och nu, nu räknades varje sekund, varje fotsteg.

Igors puls började gå upp. Hans Vympel-grupp var världskommunismens giljotin här och nu. Hans händer var svettiga trots vinternatten.

Andas lugnt, som på träningen. Andas in, håll andan, andas ut, håll andan. Håll pulsen nere, undvik att få tunnelseende. Ändå slog hjärtat i bröstet som knytnäven på en Azerbajdzjansk boxare.

I fickorna hade han lite knark och en nästan tom spritflaska som han tagit några klunkar av, för att lukta sprit och se trovärdig ut. Det hade han lärt sig på kurserna i Krasnodar. Om han blev arresterad efter mordet skulle han låtsas vara en rysk maffiamedlem och avtjäna många långa år i fängelse, utan att någonsin avslöja sin identitet. Hans bakgrund i spetsnaz och hans imponerande tatueringar passade in perfekt på den karaktären, spetznas var eftersökta i den undre världen. Uppdraget utfördes i en västdemokrati så han behövde inte ha giftpiller i en tand eller så för att slippa tortyr. Men ändå.

Det var mörkt och folk på trottoaren var klädda ungefär likadant. Han fick absolut inte skjuta fel person, då kunde det vara över för Sovjetunionen. Lokalbefolkningen fick inte börja avsky Sovjet, det skulle försvåra invasionen. Kvinnan skulle ej elimineras, bara skadas eller helst bara skrämmas. Man eliminerade hot men rörde inte deras familjer. De var civilbefolkning. Ofta gavs ordern till Vympel-grupper att döda alla i närheten, civila som militärer. Men inte i natt, i natt gällde det bara en person. Det var krig, Igor var soldat. Man dödade utan ånger och utan njutning.

Det kom en Kretin, någon idiotisk svensk, en bit efter målet och hans fru. Fan, det är idioten från Lejonets rövarband, den där tysken! Det stod några andra svenskar i gathörnet där Igor väntade. Strunt samma, de kommer inte se Igors ansikte. Fokusera på målet.

Olegs återkomst

Oleg och Ludmila joggade fram till den gröna bilen där Sergej och Tank väntade.

"Vi är inne på plan B. Målet korsar Sveavägen. Omgruppera till Hötorget."

"Jests! Ja kapten!"

Den gröna bilen dundrade fram längs gatorna för att hitta ut på Sveavägen.

Anders och Johan joggade efter statsministern. Där fanns en och annan gestalt som skulle kunna vara livvakt alternativt mördare. Någon med blå jacka gick några meter efter statsministerparet. De var 50 meter bakom statsministern när en person gick fram till dessa.

"Vem fan är det där? Där är det nån jävel som han ska möta eller?" sade Anders tyst.

Kapitel 19. Skotten.

Igor gick fram tre meter norrut till paret när de gick förbi honom. Målet bar en rysk pälsmössa så ansiktet skuggades. Igor lade högra armen om målets rygg och gick med honom på dennes vänstra sida. Det skulle se ut som om de var vänner, precis som när man arresterar en CIA-agent.

"Hello, Mr Palme, I have message from Russia."

"Ok..." svarade målet. Målet och hans fru gick vidare några långsamma steg.

Målet var konfirmerat, Igor kände igen mannen så han följde efter någon meter, gick i samma takt som målet för att hänga med.

Men stanna då! Bliat! Han fortsätter gå. Jag måste få honom att stanna! tänkte Igor. Men målet fortsatte några meter. Då drog Igor sin Nagant ur sin högra ficka, bytte hand till vänsterhanden och sköt ett skott framför målets bröst, så att denne skulle stanna upp.

-Pang!-

Nu stannade han! Igor bytte hand igen och satte revolvern mot målets rygg och vänster hand på målets axel för att hålla kvar honom. Precis som han övat in. Han kände att målet inte bar skottsäker väst. Han avlossade ett skott rakt i mannens ryggrad och kroppspulsåder.

"Dasvidanja, fashist! Feel the hand of Stalin!"

-Pang!-

Målet avled innan kulan ens lämnat kroppen, och kroppen föll framåt. Det var som att släcka en lampa. Kvinnan böjde sig framåt mot målet. Trots ljuddämparen slog det nästan lock för öronen när Igor sköt. Det var inte diskret, men det hördes endast hundra meter och ekade i alla fall inte i hela innerstaden. Igor väntade några sekunder för att se att blodet började flöda, han ville vara säker på att det inte fanns en skottsäker väst eller att kulan fastnat i någonting annat. Målet måste bekämpas just här och nu, inte sen. Ja, den hade gått igenom. Bra! Han stoppade snabbt ner revolvern i läderhölstret i höger jackficka. 4 skott kvar, om det skulle hända något.

"Men vad gör du?" Kvinnan som satt lutad över målet tittade chockad på Igor. Hon trodde de skulle möta en kontakt från Sovjets ambassad. Igor satte pekfingret framför munnen, som ett tecken: *"Säg inte ett knyst, annars händer samma sak med dig."* Igor vände sig långsamt om och började springa, i alla fall så snabbt som en stelfrusen spetsnaz-soldat som precis varit stilla i två timmar nu springer på en isig trottoar. Man blir spetsnaz för att man kan bära 50 kg i tio mil, inte för att man springer snabbt. Han kunde lunka upp för Afghanska berg i tre timmar med fem kalashnikov på ryggen, men snabbt gick det inte. Han försökte inte ens springa snabbt, en spetsnaz vet inte vad fly är. Han avancerade till vänster in på Tunnelgatan, framåt en bit och sedan vände han sig om för att se efter att han inte var förföljd. Davaj davaj, han tänkte på träningen i Uralbergen. Fokus, fortsätt! De andra tar hand om eventuella efterföljare.

Nikolay slängde ut en bluffkula på marken som han burit i en plastpåse. Han stampade på den så att den begravdes i snön. Han började leta efter de riktiga kulorna. Två var det visst.

Håkan stannade. "Helvete!" Även Anders och Johan stannade. Ett skott small. Inte alls lika högt som ett pistolskott brukar låta, men som en rejäl kinapuff. Ytterligare ett skott gick av, statsministern föll ihop och hans fru böjde sig över honom.

Skytten stod och tittade några sekunder, sedan vände han sig om och gick iväg. Sedan började han jogga.

De gick in på en tvärgata, på Skandiahusets norra sida. De anropade Jason.

"Han är skjuten. Vi följer efter skytten."

"Fuck! Hitta honom! Jag kommer efter!"

Håkan sprang också in på tvärgatan, för att komma till Luntmakargatan, om skytten skulle ta till vänster och inte springa förbi trappan. Han möttes av Anders och Johan med dragna pistoler, försedda med ljuddämpare. Han stannade.

"Lugn! Lugnt och fint. Jag backar."

Han tog några steg bakåt. Anders och Johan backade även de. Sedan började de springa.

Jason anlände till platsen från bakom Skandiahusets mörka bakgata. Anders och Johan mötte honom.

"Bertil, kollar du nere i tunnelbanan? Adam, Kolla den där restaurangen, Bohemia vid hörnet där han blev skjuten. If you see the Russian, whack him! Go go go!" Jason gick tillbaka bakom Skandiahuset, rundade hörnet och mötte Oleg och Ludmila som kommit springande. De stod en och en halv meter framför Jason. Oleg höll upp armarna. Jason kände igen honom. Jason drog sin pistol och siktade mot Olegs bröst. Oleg stirrade Jason i ögonen.

"It's OK. It's OK. We want to defect."

Jason gapade och stirrade på Oleg. "What the hell did he just say?" tänkte Jason. "A fucking defector?" En polissiren ekade plötsligt. Jason tappade fokus i bråkdelen av en sekund. Oleg greppade pistolen med vänster hand samtidigt som han hukade sig fram åt vänster. Ett skott gick av flera decimeter ovanför Olegs högra axel. Oleg vred pistolen ur Jasons hand med sin högra hand. Han backade långsamt två meter medan han höll blicken fäst i Jasons ögon. Han spände bak manteln och tryckte på knappen för att släppa ut magasinet, som föll till marken. Han släppte fram manteln och avfyrade vapnet bortåt ner i marken, fortfarande utan att slita blicken från Jason. Oleg och Ludmila backade. Jason drog sin andra pistol och började sikta mot de två agenterna. Då tändes billyktor och förblindade honom. Tank och Sergej satt i den grå bilen och var beredda att avge eld. Oleg och Ludmila hoppade in i baksätena och bilen sladdade bakåt, svängde och försvann längs den mörka sidogatan.

Igor lunkade uppför trappan mot Malmskillnadsgatan. När han kommit upp för trappan vände han sig om och såg någon, som dock inte följde efter. Bra, durak, stanna där! Han gick några steg så att ingen såg honom från platsen där han utfört bakhållet, och så drog han fram en tunn mörkgrå trenchcoat som han haft tätt ihopvikt i en liten väska på ryggen innanför sin blå jacka. Han drog på sig trenchcoaten över jackan. Det var en mångtusenårig teknik för lönnmördare att byta signalement och färger för att öka chanserna att komma undan. Bakifrån skulle han se ut som någon annan. Detta beskrevs ingående i manualer från olika japanska ninjaskolor, vilket inte betydde att Igor hade läst dem, men att det var en viktig aspekt av lönnmord. Maskirovka gick ju ut på att få motståndaren att tvivla på informationen som kom in.

Han joggade ner för någon smal gata och hoppades se en av flyktbilarna som cirkulerade i kvarteren. Han hade skruvat av ljuddämparen. Han joggade förbi ett par, en man och en kvinna, och han låtsades som ingenting. Fokus! Han stoppade revolvern och ljuddämparen på hjulet innanför stänkskärmen på en parkerad bil, så att han inte skulle bära på vapnet om han blev arresterad. Det fanns ingen anledning till att han skulle bli arresterad, han hade med sin mörkgrå trenchcoat ett annat signalement än då han sköt. Plötsligt såg han en vit polisvan komma körande mot honom. Kurwa! Hur fan kunde de hitta honom så snabbt? Hur många skott hade han kvar? Fyra. Skulle ha haft en handgranat. Men polisbussen åkte förbi honom.

Han sprang vidare neråt mot ett torg som ska ligga till höger, där ska han svänga vänster dvs norrut. Där ska en flyktbil komma. Han joggade, det skulle nämligen ta mellan fem och tio minuter. Om en polisbil dök upp skulle han behöva sprinta så han höll igen på krafterna.
"Bam!" Han råkade springa in i en man bakifrån, det var en kvinna bredvid också. Igor joggade vidare. Så nära målet. Snart kom den gröna bilen. Äntligen! Ja, inuti satt de där KGB-agenterna. Bilen stannade och plockade upp Igor. De andra operatörerna och hans Vympelsoldater lämnade diskret sina positioner till fots och begav sig via omvägar till förutbestämda platser där bilar skulle plocka upp dem.

Nikolay hade sett hur det första skottet gick västerut av någon anledning, så han korsade Sveavägen västerut mot Sergels Torg och Gamla Stan och när han kommit över Sveavägen slängde han ut ytterligare en amerikansk bluffkula som han sparkade in under snön. Han letade efter nagant-kulan men kunde inte hitta den. Måste rapportera detta, andra agenter får leta vidare. Bäst att försvinna från platsen.

Adam, eller Johan som han egentligen hette, kontrollerade att pistolen var fastknäppt i axelhölstret under den blå täckjackan. Han gick mot dörrvakterna på Bohemia. De släppte in honom. Han såg ut som en civilpolis. Väl inne satte han sig vid ett bord, han tog inte av sig jackan. Han var beredd på eldstrid och att sedan fly. Han betraktade alla gäster som satt och åt sen middag. Mest par och folk som hade kontorskläder, kanske hade varit på bio efter jobbet och tog en fredagsöl. Inga ryska mördare. Han själv måste se ut som en galning. Han lämnade restaurangen.

Venona Project

Jason gick fram till en diskret dörr i en liten sidogata ut från Tunnelgatan. Dörren ledde in i Skandiahuset. Han knackade. En vakt öppnade. Han mötte Jasons blick, och backade. Jason klev in genom dörren och stängde dörren efter sig.

"Here are the keys. The car is in the garage."

"We are aborting the operation."

"What?"

"It has been done, but not by us. The Russians got him."

"I see."

"And there was no exchange of documents. But proceed with phase three. Every trace must disappear. You have never seen me."

"Of course."

Jason fortsatte in i lokalen och öppnade en dörr, varpå han gick in i ett hemligt trapphus som ledde till ett garage. På väggen bredvid dörren hängde en anslagstavla. Där stod: *Försvarets Radioanstalt Fastighet 103 Tubo. Centrum för signalspaning mot Sovjet. Vaktschema, Städschema, Hygienrutiner. Tel nr Grå huset, Karlbo, Lebo. Tel nr till hämtpizza. Inkorgar för mottagen post: Personal FRA. Personal MI6. Personal NSA.*

216

En man i svensk arméuniform satt på en stol och väntade. Han såg otålig ut.

"Ok, jag kommer föra dig till parkeringen, vi kommer komma upp vid Wennergren center. Du vet, de här tunnlarna går under hela Stockholm. Det är därför du behöver en guide."

"I see. Very kind of you."

Mordplatsen

Det var panik på mordplatsen. Polisbilar, ambulanser, privatpersoner. Det var dunkelt, kallt och folk var i chock. Många hade tunnelseende och var dessutom lite små-berusade. Ingen verkade förstå vad som hänt.

En grå skåpbil stannade till och en man frågade om vittnena sett vad som skett. Sedan åkte den iväg. En välklädd man från Mellanöstern dök plötsligt upp och åkte sedan iväg i en röd sportbil.

Några gestalter gick runt i omgivningarna och bredvid mordplatsen. En gestalt böjde sig ner och låtsades knyta skosnörena, men plockade samtidigt upp ett litet föremål från marken. Några gestalter lös med ficklampor på marken och gick bort i den riktning skotten avfyrats.

De speciella M/87-kulorna måste städas bort och falsk rekvisita skulle placeras ut för att leda polisen på fel spår. En svensk armérevolver laddad med fem skott av arméns kulor planterades ut vid en gata inte långt från mordplatsen. Det var standardförfarande enligt Maskirovka-doktrinen. Vilseledning och desinformation. Man skapade vågor på vattnet som dolde ens egna vågor. Vittnen såg en revolver, så man hade planterat dit några andra revolverkulor, amerikanska naturligtvis. Kulorna skulle vara suspekta, inte kunna härledas till mordplatsen, inte vara avfyrade från samma vapen. Detta skulle försätta den svenska polisen i en svår situation, man skulle genast misstänka polisen själv.

Ganska snabbt var det tomt på platsen som knappt var avspärrad. Inga polissirener ljöd på stan, inga utfarter blockerades av polisen. Svenskarna blev så överraskade av händelsen att ingen egentligen kom sig för att jaga mördaren.

Säpos huvudkontor, Säkerhetsavdelningen

Telefonen ringde. Jan-Åke svarade. Han hade stannat på kontoret och satt och åt en smörgås.

"Hej Karl. Vad har du på hjärtat? Vafan säger du? Har de skjutit Palme? Helvete, jag visste det. Hur fan kunde det gå till? Vad sa du? På andra sidan Sveavägen. Vid Tunnelgatan? Vafan där har FRA sitt kontor för signalspaning."

"Han verkar ha haft möte där med nån".

"Vafan då möte? Vi har ju haft koll på honom så gått det går, han har väl inte mött någon som vi inte känner till? CIA har ju bett oss hålla koll på honom."

"Har vi nåt från försvaret? NATO? Är det läge att fundera på om vi ska mobilisera? Är det på den nivån, Jan? Är det tredje världskriget? Du, jag kastar mig i bilen, jag är där om tjugo!"

Jan-Åke funderade på vad allt detta innebar. Fokus. Statsministern mördad. Har andra politiker blivit mördade?

Officerare? Är det en sovjetisk invasion som har startat? Då inleder de ju med att deras spetsnaz-soldater mördar alla politiker, officerare, piloter etc. Rikslarm. Ja just det, jag måste ringa försvaret, insåg han. Så de inte drar igång ett jävla rikslarm. Han ropade nerför korridoren.

"Ingrid! Du, ring försvaret, vi vill inte att de drar igång ett rikslarm just nu. Vi har inte tillräckligt med information än. Ja, förlåt, Palme är skjuten. Olof Palme. Olof Palme är skjuten. Jag vet inte om han är död. Det verkar så."

"Herregud. Nu?"

"Ja nu, för några minuter sen."

Krismöte

Jason befann sig på ett kontor inne i en av Säpos byggnader. Han hade blivit inbjuden för att delta i ett krismöte om mordet. Man hade samlat representanter för CIA, MI6 och andra NATO-länders säkerhetstjänster. Folk satt och diskuterade vad som hänt. Man gick igenom olika scenarier, vem som kunde tänkas ha utfört dådet. Man frågade Jason om hans bedömning.

"Det är naturligtvis en madman, en ensam galning, det har ofta varit det när amerikanska presidenter blivit skjutna. Politiska mord brukar utföras av impulsiva galningar med drogproblem. Ni har kriminella och knarkare i det kvarteret, ni vet att många hatade statsministern, därför vet ni att det är sant. Allt annat är bara konspirationsteorier. Kalla dem foliehattar som sprider illvillig desinformation, så tystar ni dem. Ni klassar allt, vad heter det, Kvalificerat Hemligt. Top Secret."

"Ja, vi kan hemligstämpla alla dokument. Det får vi nog göra." Karl, Säpochefen, såg bedrövad ut.

"Herregud, kan sånt hända i Sverige?" sa någon.

"Det här kom så oväntat. Så tragiskt. Men, livet måste gå vidare." Karl såg plötsligt glad ut.

"Jag skulle behöva tala en minut med den nye statsministern i enrum, omedelbart." sa Jason.

"Vi kan ringa vice statsministern på en säker telefonlinje."

Jason väntade inne i ett ljudisolerat kontor medan en polis ringde upp statsministern.

"Ja, hallå?"

Polisen lämnade kontoret.

"Hej. Jag ringer från amerikanska ambassaden. Det är mycket olyckligt det som skett. Lyssna, sir. Det var inte vi. Men.. Are you listening? Ok. We didn't do it. We don't know who did. No-one will ever say a word about anything. Ingen säger något. Ingen kommer få reda på någonting om det som just skett. Do you understand what I am saying, sir?"

"Yes, of course."

"Perfect. Jag måste framföra den amerikanska presidentens kondoleanser. Det är en... this is a very sad moment. Have a nice evening, sir."

Jason ringde ett privat samtal.

"The IB list, do we have it? And the box with Stay Behind documents? Ok, perfect! Destroy everything!"

Sedan lade han på luren och gick tillbaka till mötet. Det pågick några timmar. När mötet var slut gick deltagarna ut i en korridor och började röra sig mot utgången. Anders råkade gå förbi gruppen åt motsatt håll, han och Jason kände igen varandra men deras blickar möttes inte. De hade ju aldrig mötts.

Jason satt i sin bil på Säpos parkering. Han körde långsamt iväg och tog vägen mot city. Han körde till Stureplan. Bilen parkerade han i parkeringshuset i anslutning till själva torget med den groteska "betongsvampen", en sorts postmodernistisk orgasm av fulhet. Han gick in på caféet. Klockan var 9 på morgonen och Jason hade inte kunnat sova på grund av adrenalinpåslaget i denna ödesmättade stund. Stora saker var i görningen. Mannen med den bruna rocken stod vid bardisken och drack en enkel expresso, även fast det var lördag morgon. Det var en signal att Jason skulle titta på hans skosnören. Jason gick fram till bardisken och frågade om det fanns en telefonautomat i närheten. Han satte sig på knä och knöt ett skosnöre. Han tittade på mannens skosnören och på högra skon var snörena knutna i ett kors på mitten av skon. Det betydde att någonting fanns åt Jason i dead drop Hot dog. Ett dead drop var ett hemligt ställe där personer kunde lämna meddelanden eller objekt till varandra utan att mötas. Något fanns alltså att hämta vid Hot dog. Jason lämnade caféet och gick tillbaka till parkeringshuset för att hämta bilen.

Gömställe Hot dog var beläget under stenarna i buskarna lite till vänster under en viadukt. Det låg någon gammal sprayburk och en läskburk slängda på marken. Han vände på några stenar. Där hittade han det. Han tog det och gick tillbaka till bilen. Han låtsades som att han hade behövt stanna för att urinera. Han åkte vidare kors och tvärs genom förorter, genom stan, planlöst för att vara säker på att ingen skuggat honom. Han parkerade på en avskild plats.

Han tog på sig vita gummihandskar, sedan tog han en svart resenecessär från passagerarsätet och lade den i sitt knä. Han öppnade långsamt dragkedjan och tog fram en revolver och en ljuddämpare som låg bredvid. Han betraktade dem en stund. Det låg även ett papper i necessären. Det var ett hundratal grupper om fem bokstäver. Han plockade fram en bok och började lösa chiffret. Efter en stund hade han löst det. På lappen stod:

Mr Gorbatjov is looking forward to meeting Mr Reagan. Yours respectfully.

Jason åkte tillbaka till amerikanska ambassaden. Samtalen mellan Sovjet och USA angående nedrustning av kärnvapen kunde nu fortsätta ostört. Utan en sovjetstyrd "palmekommission" som störde USA, och utan en CIA-styrd låtsaskommunist som ville förbjuda kärnvapen i Baltiska havet och Centraleuropa och som störde Sovjet.

1 Mars

-Riiing!-
-Klick-
"Holmér här."
"God kväll. Hans Holmér?"
"Ja. Vad gäller saken?"
"Du åt fiskpinnar till lunch igår."
"Jaha... ja, det stämmer väl. Hurså?"
"Och du somnade 22:48."
"Jaha."
"Er statsminister sköts igår. Vi har ögonen på dig. Om du yppar ett jävla knyst slutar du på samma sätt på 20 sekunder. Uppfattat? Säg att det var kurder. Dasvidanja. Trevlig kväll."
"Vem är det som talar? Hallå?"
-Klick-

Epilog. Hemresa.

KGB-agenterna åkte till en bas i en annan stad via flera timmars omvägar i hela landet och transporterades via olika vägar tillbaka till Sovjet. Oleg, Alexej och de andra agenterna satt några veckor senare i solstolar på en strand någonstans i Sovjet.

Tank blev äntligen tilldelad ett hus som belöning för lång och trogen tjänst. Huset var beläget på Leningatan 184 i staden Tjernobyl. Där tänkte han leva ett lugnt och fridfullt liv, utan överraskningar och stress.

Operation Ruka Stalina hade varit framgångsrik. Snart skulle andra ta itu med Gorbatjov liksom de delar av KGB som antog de nya idéer om Glasnost och Perestrojka han kräktes ur sig.

Solen skulle åter skina över Sovjet och världens alla folk skulle räddas från kapitalismen. Världens proletärer skulle bilda en internationell klass och kasta ifrån sig förtryckarnas bojor. Det var oundvikligt, det hade Marx och Engels förutspått.

Det var kväll. En svalkande bris svepte från havet, över stranden och genom stadens gränder i den sovjetiska turiststaden. Oleg och de andra agenterna promenerade fram längs en restauranggata. Nå, var kunde man få en god färsköl och något att äta? De kom fram till en gatukorsning och där stod några soldater som slog en ung man.

Appendix. Mordvapnet

Jag tar mig friheten att presentera ett potentiellt mordvapen.

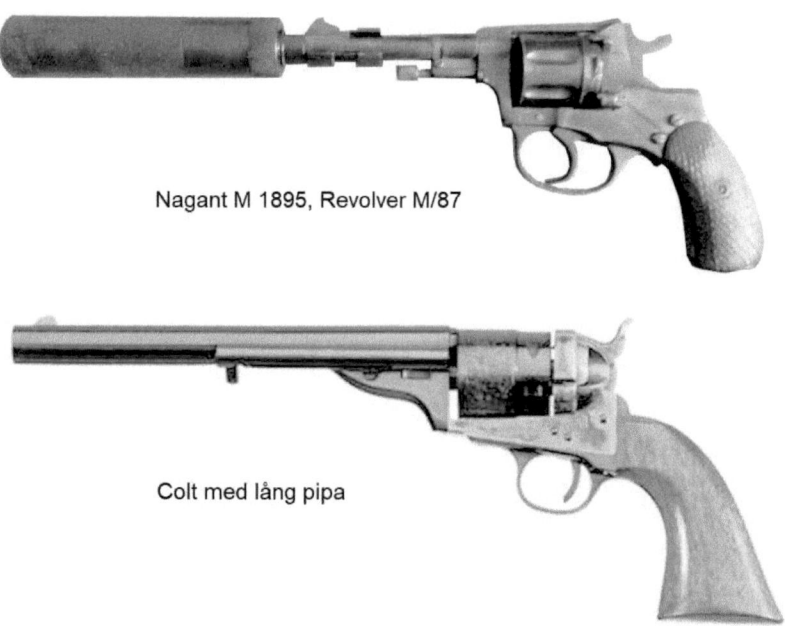

Nagant M 1895, Revolver M/87

Colt med lång pipa

Stort tack till Oskar, för alla inspirerande diskussioner vid gymet, i mataffären, på bibblan. Stort tack till min familj som står ut med mig ibland, och tack till Gunnar. Tack till Thomas Gjutarenäfve. David F. Daniel. Tack till er andra, ingen nämnd, ingen glömd.

Informationsinhämtning

Hemsidor:

https://moparkivet.wordpress.com Ett arkiv kring mordet på Olof Palme
https://wpu.nu/wiki/Huvudsida
Politiskamord.com av Henry Söderström, son till förste polis på plats vid palmemordet.
https://www.nsa.gov/Helpful-Links/NSA-FOIA/Declassificatio n-Transparency-Initiatives/Historical-Releases/Venona/

Youtubers:

Thomas Gjutarenäfve Filmetablissemanget
Otto Ekevi, journalist
Jeremiah Karlsson Björkman, författare

Böcker, öppna källor:

Den osannolika mördaren, artikel av Thomas Pettersson i Tidskriften Filter nummer 62 Juni/Juli 2018.

Den osannolika mördaren. Thomas Pettersson. Offside Press AB 2021.

Spioner emellan, Tore Forsberg, fd chef för SÄPO:s "ryssrotel", och Boris Grigorjev, fd KGB-agent stationerad i Sverige. Bokförlaget Efron och Dotter 2006.

Spionjägaren. Del 1. Bland agenter, terrorister och affärer. Olof Frånstedt, fd SÄPO-chef. ICA Bokförlag 2013.

Spionjägaren. Del 2. Säpo, IB och Palme. Olof Frånstedt, fd SÄPO-chef. ICA Bokförlag 2014.

Grundkurs i Sovjetisk Underrättelsetjänst. Joakim von Braun. 2019.

Mordnatten, vittnenas berättelser. Redaktör Viking Johansson. Utgivare: Bladh by Bladh AB 2016.

Mordet på Olof Palme, Brottsanalys och gärningsmannaprofil. Jan Olsson och Ulf Åsgård, Rikskriminalpolisen 1994.

Underbara dagar framför oss. En biografi över Olof Palme. Henrik Berggren. Utgivare: Norstedts 2010.

I Takt Med Tiden, Olof Palme 1927-1969. Kjell Östberg, Leopard förlag 2008.

När Tiden Vände, Olof Palme. Kjell Östberg, Leopard förlag 2008.

Olof Palme. Ett liv. Tomas Dömstedt, Vilja Förlag 2018.

Som jag minns det. Michail Gorbatjov, Fria Tanke Förlag 2013.

Stockholm som spioncentral. Wilhelm Agrell, Historiska media 2020.

Vem kan man lita på? Wilhelm Agrell, Historiska media 2015.

FRA:s historia i korthet. Från morsetelegrafi till cyberförsvar. Fredrik Wallin. fra.se

Bletchley Park, kodernas krig. Andreas Marklund, Historiska media 2021.

Stockholm KGB - Moscow Center Cables. Cables Decrypted by the National Security Administration's Venona Project. Arranged by John Earl Haynes, Library of Congress, 2011.

Säpo och kontraspionaget. Det som inte har berättats. Bengt Nylander, fd chef för Säpos kontraspionage. Medströms Bokförlag 2016.

Bland spioner, kommunister och vapenhandlare. Jan Mosander, Fischer & Co. 2014.

Some Aspects of Training the Operative for Psychological Influence of Foreigners during Cultivation. Translation by Catherine A Fitzpatrick. KGB, Andropov Red Banner Institute.

KGB Alpha Team Training Manual. How the Soviets trained for Personal Combat, Assassination, and Subversion. SHORTT, Jim and BERCE, Peter (translator). Paladin Press, Boulder Colorado 1993.

Soviet use of assassination and kidnapping. CIA-dokument från 1964.

Secret KGB Manual for Recruitment of Spies. Createspace Independent Publishing Platform 2018.

Den Stora Maskeraden. Sovjetrysk militär vilseledning. Maskirovka sett i ett historiskt perspektiv. Lars Ulfving, Försvarshögskolans ACTA C8 Operativa Institutionen 2003. **MASKIROVKA 2.0 – NYDANING & KONTINUITET I RYSK KRIGFÖRING.** Örlkn. Lars Gärtner, Masteruppsats i krigsvetenskap. Försvarshögskolan 2020.

The New Maskirovka. Countering US Rapid Decisive Operations in the 21st Century. R. M. Janiczek, Major, U. S. Marine Corps School of Advanced Warfighting 2002. **Kodnamn Onkel. Den kvinnliga spionen som avslöjade nazisterna i Sverige.** Erika Schwarze, LIND & CO 2018.

Agent Sonya. Älskarinna, Mamma, Soldat, Spion. Ben Macintyre. Historiska Media 2021.

En spion bland vänner. Ben Macintyre, Ekerlids förlag 2014.

Sanna historier om spioner. Paul Dowswell och Fergus Fleming, Historiska media 2007.

Krigen under Kalla Kriget. Gunnar Åselius, Medströms Bokförlag 2007.

Tunnel 29. Den sanna historien om den osannolika flykten under Berlinmuren. Helena Merriman, Bokförlaget Forum 2021.

The Art of Darkness: Deception and Urban Operations. Scott Gerwehr, Russel W. Glenn. RAND.org, 2000.

Den dolda alliansen. Sveriges hemliga NATO-förbindelser. Mikael Holmström. Utgivare: Bokförlaget Atlantis AB 2011.

Försvaret av Stockholm under kalla kriget. Planerna, organisationen och hotbilden mot Sveriges huvudstad. Thomas Roth, Svenskt Militärhistoriskt Biblioteks Förlag 2013.

Lettlands och det lettiska folkets historia. Agnis Balodis. Utgivare: Lettiska Nationella Fonden 1990.

Kalla Kriget, Planerna som aldrig blev av 1945-1991. Michael Kerrigan. Utgivare: Fischer & Co, 2014.

Kommunistiska Partiets Manifest. Karl Marx, Friedrich Engels, 1848. Översättning Erik Fors 2021.

Sovjetiska nationalsången. Översättning av den officiella engelska versionen från 1977 av Erik Fors 2021.

STASI. Östtysklands hemliga polis, 1945-1990. Jens Giesecke, Fischer & Co 2017.

Hunting the sleepers. Tracking al-Qaida's Covert Operatives. DSSI 2001.

The Creation and Dissemination of All Forms of Information in Support of Psychological Operations (PSYOP) in Time of Military Conflict. Office of the Under Secretary of Defense For Acquisition, Technology and Logistics 2000.

Putins nya Ryssland och det förflutnas skuggor. Shaun Walker. Ordfront förlag, Stockholm 2010.

Tsar Putin - Myter, makt och despotism. Anna Arutunyan. Ordfront förlag, Stockholm 2012.

Rysslands historia, Från Alexander II till Vladimir Putin.
Martin Kragh. Utgivare: Dialogos förlag AB 2014.

Ryska revolutionen 1900-1927. Robert Service. Utgivare:
Historiska Media 2013.

Stalins sista brott. Jonathan Brent och Vladimir Naumov.
Utgivare: Bokförlaget Nya Doxa 2003.

KREML, Symbolen för makt och rikedom. Catherine
Merridale. Utgivare: Historiska Media 2014.

**Neutralitetens tid, Svensk utrikespolitik från
världssamvete till medgörlig lagspelare.** Britt-Marie
Mattsson, Bokförlaget Forum 2010.

Det tysta kriget. Olja Makt Kontroll. Vladislav Savic,
Bokförlaget Natur och Kultur 2006.

Freden som äventyr. Dag Hammarskjöld och FN:s framtid.
Bokförlaget Atlantis AB 2005.

Kampen för fred, berättelsen om en okänd folkrörelse. Per
Anders Fogelström, Svenska Freds- och skiljedomsföreningen
1971, Bonniers 1971.

**Undénplanen, Kärnvapenfria zoners vision eller ett naivt
men välment misslyckande.** Joakim Jansson, C-uppsats,
Luleå Tekniska Universitet, Institutionen för industriell ekonomi
och samhällsvetenskap, 2004.

Israel och Palestina. John King, Gleerups Förlag AB 2006.

A Nuclear Weapon-Free Zone in Europe . Concept-Problems- Chances. Peace Research Institute Frankfurt, Leibniz-Institut, Hessische Stiftung, Friedens- und Konfliktforschung, 2015.

Iran: Soviet interests, American concerns. McNair Papers, number 11. Ralph A. Cossa, The Institute for National Strategic Studies, National Defense University 1990.

Terrorist recognition handbook, A practitioner's manual for predicting and identifying terrorist activities. Malcolm W Nance, Desmond Wenger, TAYLOR AND FRANCIS 2017

Russian Special Forces. Issues of Loyalty, Corruption and Fight Against Terror. Graham H. Turbiville, Jr. U.S. Department Of Defense, Joint Special Operations University, 2018

När DDR och BRD blev Tyskland. Lennart Hellström, Santérus Förlag 2007.

Salafi-Jihadism: The History of an Idea. Shiraz Maher. Penguin Books 2016.

Talibanerna. De militanta islamistiska krafterna i Afghanistan och världen. Ahmed Rashid. Svenska Afghanistankommittén, I.B. Tauris & Co. Ltd. 2010.

Al Qaeda. Brotherhood of Terror. Paul L. Williams. Alpha 2002.
Bin Ladin. Det hemliga nätverket. Roland Jacquard, Fischer & Co. 2001.

Älskade terrorist. 16 år med militanta islamister. Anna
Sundberg och Jesper Huor. Norstedts 2016.

**Sju år som spionchef. Terrorism, hot och hemliga
operationer.** Morten Skjoldager, Lind & Co 2016.
Israels krig. Marco Smedberg, Historiska Media 2021.

**Palestina, ockuperad nation: Rapporter från Gaza och
Västbanken.** Joe Sacco, Epix bokförlag AB, 2001.

Ship to Gaza. Bakgrunden. Resan. Framtiden. Mikael
Löfgren, Leopard Förlag 2010.

**Det Stora Kriget För Mänskligheten, Kampen om
Mellanöstern.** Robert Fisk, Norstedts.

**Ideologisk konsekvens eller Pragmatism. En fallstudie om
den fortsatta svensk-israeliska handeln efter det svenska
erkännandet av Palestina.** Sebastian Kaspár Shivani
Tugwell. Uppsats, Lunds universitet, Statsvetenskapliga
institutionen 2020.

The Day of the Jackal. Frederick Forsyth, Hutchinson,
Cornerstone Publishing 1971

**Carlos. Portrait of a Terrorist: In Pursuit of the Jackal,
1975-2011.** Colin Smith

Yours in Revolution: Retrofitting Carlos the Jackal.
Samuel Thomas, Culture Unbound, Volume 5, 2013:
451–478. Hosted by Linköping University Electronic Press.

Minnet och Elden, en samtida memoar. Pierre Schori. Leopard Förlag 2014.

The Art of War. SUN TZU.

On Guerrilla Warfare. MAO Zedong.

Den Dolda Handen. Hur Kinas kommunistiska parti underminerar västliga demokratier och omformar världen. Clive Hamilton och Mareike Ohlberg, bokförlaget Daidalos AB 2020, Hardie Grant Books, Australia.

Guerilla Warfare. Ernesto "Che" Guevara.

Zinkpojkar. Svetlana Alexijevitj, Ersatz 2014.

En fri agent. John Le Carré, Albert Bonniers förlag 2019.

Spionen som kom in från kylan. John Le Carré, Albert Bonniers förlag 2019.

Putins Krets, maktkampen om det moderna Ryssland. Catherine Belton, Albert Bonniers förlag 2021.

Moskva tror inte på tårar. En tidsresa i det nya Ryssland. Jan Blomgren, Ersatz förlag 2009.

Rysslands historia. Från Alexander II till Vladimir Putin. Martin Kragh, Dialogos förlag 2014.